JN062339

目惚れした王子と
れた私の七日間の攻防戦《セブンデイズバトル》

月神サキ

Saki Tsukigami Presents

fairy kiss

この作品はフィクションです。
実際の人物・団体・事件などに一切関係ありません。

一目惚れした王子とされた私の七日間の攻防戦《セブンデイズバトル》

序章　一日目

マグノリア王国。

建国からおよそ千年が経《た》つ、平和を愛する国だ。

今年十八歳となった私、ヴァイオレット・エルフィンは、この国の公爵家の娘として生まれた。

腰まであるストレートの黒髪と母親譲りの青い瞳。

身長は女性としては少し高い。顔立ちはきつめで、可愛《かわい》い系というよりは綺麗《きれい》系かなと思っている。

家族構成は、父と母と兄の四人。

父は公爵家当主ではあるが、城に上がり、外務大臣として国王を助けている。

兄も幼い頃から、次代の国王となるマグノリア王家唯一の王子、フェンネル殿下の友人兼側近として働いていた。

母は優しく、父との夫婦仲も良好だ。ふたりとも私や兄を愛してくれている。

領地経営も問題なく、端《はた》から見れば理想的な家族だと言われるだろう。

だけどそれが脆《もろ》くも崩れやすいものであることを、私は誰よりも知っている。

◇◇◇

「明日、か……」

昼食を終えて食堂から自室に戻る際、廊下の窓から王城が見えた。

クローバー城。

父や兄が毎日通っている職場であり、マグノリア王家の人間が住まう白亜の城だ。

確か、城としては五代目。

古い歴史を誇る国なので、その象徴となる城も何度か建て直されているのだ。

大体二百年〜三百年に一度くらい。

現在の城も百五十年ほど前に、建て直されたものだと聞いている。

これまでのものの中でも一番大きく豪奢《ごうしゃ》に造られた城は、初めて見る者が皆、必ず見惚《みと》れると言っていいほどに美しい。その城で、今も父と兄は忙しく働いているのだろう。

「……」

いつもなら城が見えたところで何とも思わないのだけれど、今日はどうにも複雑な気持ちになってしまった。

何故《なぜ》なら明日の今くらいの時間には、世継ぎの王子であるフェンネル殿下が、自身の婚約者を国民に発表しているだろうから。

フェンネル殿下。

今年二十二歳になる、眩《まぶ》しい金色の髪と赤い瞳を持つ美丈夫だ。

私はその姿を直接拝見したことはないが、兄や父から、背の高い、美しい面差しを持つ青年だと聞いている。

性格は温和で、協調性が高い。

頭脳も優秀で、運動能力もかなりのもの。皆に慕われ、常に期待に応え続けている王子ということで、文句の付け所がないらしい。

現国王の唯一の息子であり、王太子。

将来は、間違いなく彼が王統を継ぐことになるだろう。

その彼には、いまだ妃《きさき》どころか婚約者のひとりもいない。

顔も良く、能力も優れている王子ならモテるだろうに、彼はあまり女性に興味がないらしく、現在まで独り身なのだ。もちろん、男色というわけではない。

そんな王子だから、皆、いつ彼のめでたい話が聞けるのだろうと楽しみに待っていたのだけれど、その時がいよいよ明日訪れるのだ。

「リコリス……」

口から零《こぼ》れ出た名前は、私の親友のものだ。

リコリス・スノウ。

私と同い年で、金髪碧眼《へきがん》の可愛らしい女性。

父親が宰相で公爵家当主。兄がふたりいるが、彼らはすでに結婚して別の屋敷に住んでいる。

彼女は私の親友かつ幼馴染《おさなな じ》み。同格の公爵家ということもあり、彼女の家とは家族ぐるみの付き合いをしていた。

明るく素直で、くるくると表情が変わる。感情表現が豊かで、一緒にいてとても楽しい人。

そんな彼女は明日、フェンネル殿下と婚約する。

そう、フェンネル殿下の婚約者となるのは私の親友なのだ。

「はあ……」

ため息が零れる。

これは別に、私がフェンネル殿下のことが好き……とか、そういう話ではない。

ただ、知っているだけだ。

私の友人リコリスとフェンネル殿下との間には、恋愛感情が全くないということを。

リコリスはただ、宰相の娘だというだけで王子の婚約者に選ばれた。

彼女は王子に興味はなく、王子の方もまた同様にリコリスに興味がなかった。

婚約が決まる前にふたりは顔合わせをしたらしいが、リコリス曰《いわ》く、王子はものすごく淡々としていたそうだ。

結婚はしなければならないからする。宰相の娘が婚約者だと言われたから受け入れる。

終始、そういう態度を崩さなかったらしい。

ただ、リコリスとはお互い尊重し合える関係性を築きたいと言ってくれていて、そこは誠意を見せてくれていると思ったとリコリスは言っていたし、私も同感だ。

王子なりに妃となるリコリスを大事にしようとしている。

リコリスも王子と同じで、恋愛感情はないけれど、決まったことだからと受け入れるつもりらしい。

親の決めた相手と結婚する。

王侯貴族の結婚なんてそんなものだと分かってはいたが、実際目の当たりにすると結構精神にくるものがあった。

しかも、それをするのは私の親友なのだ。どうしたって気にしないではいられない。

それに私は知っている。リコリスが本当は愛ある結婚を望んでいたことを。

気にしている相手がいることを。

その相手に愛されて、望まれて結婚したい。

それが彼女の願いだと私は知っていたのだ。

だからこそ不憫《ふびん》だと思ってしまう。

とはいえ、私にできることなんて何もないのだけれど。

ただ、モヤモヤとした気持ちを抱え、ため息を吐《つ》くだけ。本当に非生産的だし、親友が望まない未来に進もうとしているのに動けない自分が情けなくてたまらない。

「……止《や》めよ」

親友の未来は気になるが、今、考えたところで何かが変わるわけでもない。

暗くなってしまった気持ちを振り払う。気分転換に、少し散歩に出掛けることに決めた。

屋敷から二十分ほど歩けば、賑《にぎ》やかな大通りに出られる。

和気藹々《わきあいあい》とした人々に交じれば、きっと気分も持ち直すだろう。そう思った。

「そう、ね。ちょうど読んでみたい本もあることだし」

おあつらえ向きに、好きな作家の小説が発売されたばかりなのだ。

来週くらいに、公爵家《うち》と付き合いのある行商人に頼もうと思っていたが、自分で買いに行くのも悪くない。

そうと決まればと自室に戻り、メイドを呼び出す。

ドレスから動きやすいワンピースに着替え、髪を軽く結ってもらった私は彼女に言った。

「少し町まで出掛けてくるわね」

「行ってらっしゃいませ、お嬢様」

「ええ、夕方までには帰るわ」

小さな鞄《かばん》を持ち、部屋を出る。メイドは頭を深々と下げ、外まで私を見送ってくれた。

季節はちょうど冬が終わり、春へと差し掛かったところ。徐々に気温も上がり、コートなしでも寒さを感じなくなってきた。

大通りに向かって歩を進める。

護衛はいない。

公爵家の娘なら普通はいるはずの護衛。それがいないのには当然、理由がある。

それは、私が魔女だからだ。

魔女。

マグノリア国内に時折生まれる、突然変異種のことだ。

魔女は魔力と呼ばれる力を持ち、普通の人間にはできない不可思議な現象を起こすことができる。女性だけで、男性はひとりもいない。だから『魔女』と呼ばれる。

魔女はその能力から国に保護され、重用されることが決まっているが、普通の人とは違うことで、一般人からは敬遠され、迫害されがちだ。

昔は特にそれが酷《ひど》く、六十年ほど前には凄惨な事件も起こっている。

その事件のせいで魔女の数は極端に減り、今、魔女と呼ばれるのは私と師匠だけだ。とはいっても私はまだ成人していないので、その存在を公にはされていないのだけれど。

迫害の可能性を考え、国には『魔女見習い』として登録されている。

魔女見習いは自己防衛のために、誰に対してもフードを深く被《かぶ》って顔を隠すことが許されており、そのお陰で私が魔女だということは、家族や友人など、一部の人間を除いては知られていない。

だが、この措置は私がまだ成人していないから成されているだけ。二十歳を迎えれば正式に魔女と登録され、師匠と同じく顔を出して活動することになるだろう。

それは最初から分かっていたことだし、子供の間はきちんと守ってくれようとする国には感謝している。

来《きた》る日に備えて心構えができるというのは、本当に有り難いことなのだ。

それに魔女には名字がない。今はまだ魔女見習いなので、ファミリーネームがあるが、成人すれば私は魔女ヴァイオレットとだけ名乗るようになるだろう。

これは、成人し、顔出しするようになった魔女がどこの家出身か分からないようにするための措置でもあって、とても大切なことだと思う。

魔女を出した家と知られれば、家族に迷惑が掛かる。いくら公爵家であっても関係ない。それは私が何より恐れていることなのだ。

「……あー、嫌なことを思い出しちゃった」

ひとり道を歩いていると、ふと、昔のことを思い出してしまった。

それは私が初めて魔女としての力に目覚め、暴走してしまった時のこと。

魔女というものがどれだけ皆に恐れられるものか、嫌われ、排除されるものなのか、骨身に染みて知った時の話だ。

◇◇◇

「お嬢様！　お嬢様！」

「うわあああああん‼」

魔力が渦巻き、暴走する。

それは、本当に突然起こった。切っ掛けは、ほんの些細《ささい》なことだった。

七歳を迎えたある日、屋敷内にある庭を散歩していた私は、落ちていた石に躓《けつまず》いた。

「あっ……」

地面に転がる。打ち所が悪かったのか、あちこちに痛みが走った。

「う……」

傷口を見て、パニックに陥る。

足や手からは血が出ていたし、ズキズキしている。更に、こんな怪我《けが》の仕方をしたのが初めてだったため、酷く混乱してしまったのだ。

だから泣いた。

もう七歳だというのに、人目も憚《はばか》らず大声で泣いた。痛くて痛くて、訳が分からなくて、だからそうするより他はなかったのだ。

そして、それは起こった。

——魔力暴走。

それまで、私も家族の誰も、私が魔女であることを知らなかった。それも当たり前だろう。

魔女とは、その力を発揮しない限り気づかれるものではないからだ。

魔力があるだけで、あとは普通の人と何も変わらない。

私が激しく泣いたことで秘められていた魔力が暴走を起こし、庭の草木を巻き込みながら大きな渦巻きを作っていた。渦巻きは私を中心として起こり、最早《もはや》、とんでもない災害となっている。

「うわあああああん！」

泣き喚《わめ》く私。

誰がこの事態を引き起こしているのか、あまりにも明白だった。

その場にいる全員が気づく。

ヴァイオレット・エルフィンは、魔女だったのだ、と。

とはいえ、分かったところで暴走を止める手立てはない。

何せ、魔女以外に魔力を持つ者はいないのだ。膨大な魔力が渦巻いている中に飛び込んでいくような無謀な真似《まね》はできない。暴走に巻き込まれて、下手をすれば死んでしまう。

それは泣き喚く私の声を聞いて駆けつけてきた両親や兄も同じで。

皆がどうすればいいか分からず動けない中、どこからか楽しげな声が響いた。

「……おやおやおや、私以外の魔力を感じて跳んできてみれば……ああ、ずいぶんと荒れているね」

皆が驚く中、現れたのは、ひとりの美しい女性だった。

私の両親より少し年上くらいに見えるが、正確な年は分からない。年齢不詳の美女というのが一番近いかもしれない。

勝手に敷地内に入ってきた彼女に、皆は不審な顔を向けたが、父だけは違った。

父は彼女を見ると、叫んだ。

「ボロニア！」

皆がギョッとする。

だって父が呼んだ名前は、現在国にいるたったひとりの魔女のものだったから。

城に仕官している父は魔女ボロニアと面識があり、現れた彼女の前に父は転がらんばかりの勢いで走り寄った。

「頼む！　ボロニア！　娘が、娘が……！」

同じ魔女であるのなら、何とかできるはず。そう思ったのだろう。母もハッとしたように父に倣った。

二人の懇願を受け、ボロニアが鷹揚《おうよう》に頷《うなず》く。

「もとよりそのつもりだから、構わないよ。魔女の暴走は同じ魔女にしか止められないし。でもまあ、同胞を見たのは、実に数十年ぶりだねえ。いやあ、まさか公爵家に魔女が生まれるとは」

「何でもいい、何でもいいから娘を……！」

「分かってるから、少し黙りな」

そう言い捨て、ボロニアは魔力の渦巻きへと実に気楽な様子で近づいてきた。のんびりと手を伸ばし、渦巻きへと触れる。それだけで渦巻きは嘘《うそ》のようにかき消えた。

「えっ、あっ、あっ……」

途中から痛みよりも自分の引き起こした事態に怯《おび》え、泣いていた私は、渦巻きが消えたことに目を丸くした。そうして自分に近寄ってくる人を見る。

波打つ金髪が背中まである。地味なドレスの上に黒いローブを着ていた。

「……あなたが、魔女？」

父の言葉は聞こえていたので、確認するように尋ねる。彼女は「ああ」と頷いた。

「その通り。私は魔女だよ。魔女ボロニア。聞いたことはないかい？」

「ある……」

鼻を啜《すす》りながらも言葉を返す。魔女の話はもちろん両親から聞いて知っていた。

私たちとは全く違う力を持ち、行使する女性。そのせいで敬遠され、迫害されることが多いが、本来は国に保護されるべき貴重な人材。

魔女が作り出す薬は輸出品としても有名で、彼女たちのような人知を超えた存在が国にいるからこそ、他国への牽制《けんせい》にもなっている。

魔女がいるお陰で国は平和を保っていられるのだと、外務大臣である父は言っていた。

魔女と聞けば「同じ人間ではない」と嫌悪感を示す者も多くいる中、実際の魔女を知っている父には偏見がなかったのだ。

むしろ強大な力を持ちながらも国のために尽くしてくれる得難い人たちだからきちんと敬うようにと私や兄に教えていて、だから私も魔女に対し、妙な偏見を持つことがなかった。

自分たちにはない力を持っていて、国のために働いてくれるすごい人。

そういう風に思っていた。

「お父様からすごい人だって聞いているわ」

素直に答えると、ボロニアは目を丸くした。その目が嬉《うれ》しそうに細められる。

「それは嬉しいね。さすがは外務大臣の娘。私のことをそんな風に伝えてくれていたんだね」

「？　違うの？」

「さあ、どうだろう。受け取り方はその人次第だからね。でも、そうさね。あんたもその魔女なんだって言ったらどうする?」

「え、私も?」

「そうさ。あんたと私は世界でたったふたりきりの仲間なんだ。さっきの力がその証拠。あんたは魔女として生まれたんだ」

「……私も、魔女」

「ああ、これから私と一緒に魔女として学んでいこう」

「……」

そうしてボロニアに抱き上げられた私は、色々なことを教えられた。

今まで魔力を使う機会がなかったから知られていなかっただけで、最初から魔女であったこと。これから成人までの間、国に魔女見習いとして保護されることなどだ。

「大丈夫。保護とは言っても、別に家族から離れなければならないというわけじゃない。魔女見習いとして国の管轄下に置かれるのと、あとは魔女としての力の制御ができるように城にいる私のところへ定期的に通ってもらうくらいかね。成人までは正式に公表されることもないし、顔も隠せるから、生活が脅かされる心配もしなくていいよ。なあに、何も変わらない。今まで通りさ」

「……うん」

不安がる私にボロニアは親切に教えてくれた。

魔女となっても何も変わらない。今まで通り、暮らせばいい。ただたまに、お城に行ってボロニアの下で魔女としての勉強をするだけだと、根気よく何度も説明してくれたのだ。

それは急に『お前は魔女だ』と言われ、不安になっていた私には安心できる態度で、自分に怖いことが起こってしまったと怯えていた身にはとても有り難かった。

途中からは両親や兄も加わり話を聞いていたが、終わった時には皆、ホッと胸を撫《な》で下ろしていたくらいだ。

まさか身内から魔女が生まれるとは思わなかったのだろう。どうすればいいのか分からない中、異変を感じてやってきてくれたボロニアに父はとても感謝していた。

でも――。

「……お嬢様、魔女なんだって」

「魔女……え、それって人間じゃないってこと？　うわ……」

「魔女って変な力が使えるんでしょ？　恐ろしい魔物と契約する、なんて話も聞いたことがあるわ」

「……」

ギュッと唇を噛《か》みしめる。

私が魔女だと判明してから、使用人たちが毎日のように陰口を叩くようになったのだ。

それも私のいる前で。まるでその行いが正しいかのように、クスクスと笑いながら。

「魔女がいる近くで働きたくないわ」

「ちょっと、止めなさいよ。魔法を掛けられるかもしれないわよ」

「やだ、こわ～い」

わざとらしく怖がる使用人たちの前を、無言で、できるだけ早足で過ぎ去る。

心が痛い。彼らの悪意ある言葉は刃《やいば》のように私に突き刺さっていた。

「……もうやだ」

小さく呟《つぶや》く。

私の家族には、父の正しい知識により魔女についての偏見がなかった。だから私が魔女と知ったあとも、その態度は変わらなかった。むしろ皆で支えていくからと言ってくれたくらいだった。

でも、使用人たちは違ったのだ。

私が魔女と知れた日から、彼らの私への扱いはがらりと変わった。父たちがいる時はさすがに黙っているが、私がひとりだと、聞こえよがしに悪口を言ってくる。

「……使用人たちのことは気にしなくていい」

「……ん」

「お前は悪くない。そんなに辛《つら》いなら僕と一緒にいればいい」

「……うん」

いち早く事態を悟った兄が気遣って一緒にいてくれたが、すでに時は遅く、私の心はすっかりズタズタに引き裂かれていた。

奇異の視線で見られ、悪口を言われる毎日は強烈なストレスとなり、私を苛《さいな》んだのだ。

あの事件が起きる前は優しくしてくれていたメイドが、気持ち悪いから私には近づきたくないと言い、いつも笑顔で話し掛けてくれた執事は、私を気味悪いものを見るような目で見てきた。

「……なんで私ばっかりこんな目に」

魔女が人から遠巻きにされたり、迫害されたりする存在であることは、父から聞いていたから知識としては知っていた。

大変なんだなと思っていた。そんなのいけないと、子供らしい正義感で憤ってもいた。

だけど、実際に魔女となって知ったのは『大変だ』なんて簡単な言葉で片付けられるものではないどうしようもない事実だった。

私自身、努力もした。

使用人たちに、魔女は悪い存在ではない、むしろ皆を助けるためにいるのだと、正しい知識を伝えようと頑張った。

だけど彼らはそもそも私の話を聞く気がない。態度を変える気がさらさらないのだ。

私自身は何も変わっていないのに、魔女だというだけで、こんなに態度が変貌してしまうものなのか。

それはわずか七歳の私にはとても恐ろしいことで、結果、私は自身の部屋に引き籠もるようになってしまった。

使用人たちが私を見る目に、耐えられなかったのだ。

そしてそんな私を案じた家族は、私に内緒でボロニアに相談し、彼女の魔法で使用人たちの記憶を消すことを決めた。

記憶を消し、解雇する。

それが誰にとっても幸せだろうと決断したのだ。

使用人は新しく雇い直されたが、父たちは彼らに私が魔女だということを言わなかった。

また同じことが起こらないとも限らないからだ。

私が魔女だと知っているのは、家族と信頼の置ける人たち数名のみ。

だが、そのお陰で私は引き籠もりの生活から解放された。普通に接してくれる人たちに安堵《あんど》を覚え、少しずつ元の生活を取り戻したのだ。

だけどこの件は、幼い私の心に深い傷を残した。

自分が魔女だと言ってはいけない。言えば、周囲の人たちは態度を変える。そうして、あの、化け物を見るような目で見てくるのだと思い知ってしまった。

それが私には耐えられない。もし次、同じ目を向けられたら――。

考えただけで身体《からだ》に震えが走るし、無理だと思ってしまう。

だからあれから十一年が経った今も、使用人たちは私が魔女だとは知らないし、必要がない限り知らせるつもりもない。

それは家族の決定であると同時に、私の意思でもあった。

中には私の家族と同様、正しく魔女を知る人たちもいる。もしくは説明すれば分かってくれる人だって存在する。それは分かっているけれど、私は分の悪い賭けなどしたくないのだ。

だから言わないし、当然、結婚なんて考えてもいない。

結婚なんて百害あって一利なしだ。

傷つく未来しか見えないのに、結婚したいなんて思えるわけがない。

将来は魔女として国に仕え、同じ魔女である師匠、ボロニアと共に生きていく。それしか私に道はない。

◇◇◇

「……」

ぼんやり考え込んでいるといつの間にか目的地の近くまで来ていた。

すぐ先に大通りが見える。

王都の一番大きな通りにはサニーロードという名前がついていて、たくさんの店でいつも賑わっている。マグノリアの最新の流行を知りたければ、サニーロードを歩けばいい。

そう言われるほどには、有名な通りなのだ。

「本屋、本屋っと……」

私が目指しているのは、王都で一番大きな書店だ。大抵の本ならそこで揃《そろ》う。

サニーロードに入った私は、書店に向かって歩き始めた。

私は本来黒髪に青目だが、今は魔法で、髪と目の両方とも茶色に変えている。

それはどうしてか。もちろん、防犯のためである。

隠してはいても、私は国に魔女見習いとしての登録を受けている。そして、魔力制御の方法や魔法を学ぶため、城にいる師匠の下に行くことも多々あるので、外に出る機会が普通の令嬢より格段に多いのだ。

そうなるとどうなるか。

当たり前だが、狙われるのである。

何せ、私は公爵令嬢なので、ひとりで歩いていると誘拐などを企《たくら》む犯罪者に目をつけられやすいのだ。

本当は公爵家の馬車を使えばいいと分かっている。護衛を置き、令嬢らしく皆に守られていればそれで済む話であることも。

でも、それ以上に私も家族も、使用人たちに私が魔女だということを知られたくないのだ。

王城に頻繁に出向けば、使用人たちは、その理由を知ろうとするだろう。

それで万が一、私が魔女だとバレたら？

またあの日々がやってくる。あの、皆に遠巻きにされる日々が。

それは絶対に嫌だった。だからそうなることを避けるため、護衛をつけたり、馬車を使ったりというのは早々に選択肢から除外したのだ。

ひとりで城へ行き、ひとりで屋敷に帰ってくる。

それしかない。

危ないと思われるかもしれないが、これでも私は魔女で、自衛ができる程度の魔法は使うことができる。いざとなれば、攻撃魔法を放つことだってできるのだから、心配してもらう必要はない。

そうして家族と相談した結果、ひとりで行動することを許された私は、公爵令嬢だとバレないように魔法を使って目と髪の色を変え、今みたいに外を一人で彷徨《うろつ》くようになったというわけだ。

目と髪の色を変えれば、雰囲気はがらりと変わるし、そもそも魔女以外にそんなことはできない。つまり色彩が違えば別人と認識してもらえるのだ。誘拐犯たちはあらかじめこちらの容姿を調べてきているので、色彩を変えることは十分防犯となる。

何も知らない使用人たちは私がひとりで外出することをおかしいと思うのだろうが、彼らには父から許可を得た上で魔法を掛け、少しだけ認識を変えさせてもらっている。

私がひとりで出掛けることは当たり前。彼らにはそう思わせているのだ。

本当はあまりやりたくないのだけれど、万が一にも私が魔女だとバレないための予防策。私の心の平穏のためにも許して欲しいと思っている。

「着いた……」

普通の店の三倍ほどの敷地面積を誇る書店へと辿《たど》り着いた。

レイニー書店。

店主がレイニーという名前なので付けられた店名である。

店内は広く三階建て。

店の外にも平台を置き、タイトルが見えるように本を並べている。

「相変わらずすごい品揃えね」

感心しながら歩く。

新刊なんかは大抵この平台のどこかに置かれているのだけれど、残念ながら私の探していた本はここにはないようだ。

レイニー書店は多くの人で混雑しており、入り口近くにある会計コーナーにはかなりの人数が並んでいる。有名な作家の新刊の発売日だったりするのだろうか。だとしたら来る日を間違えたかもしれない。

「ええと……平台以外の新刊コーナーは……」

お目当ての本を探すために、奥へ向かう。外から見ていた以上に人が多い。これは、別の日に出直した方がいいかもしれないと思っていると、前から歩いてきた人にぶつかった。

「あいたっ……」

バランスを崩し、尻餅をつく。

相手も同じく地面に尻をついていた。その人が持っていたと思われる本が落ちている。それを拾いながら口を開いた。

「すみません。前方不注意でした。お怪我はありませんか?」

どう考えても、ギリギリまで人が来ていることに気づいていなかった私が悪い。そう思い謝罪の言葉を口にすると、相手も同じように謝ってきた。

「いえ、こちらこそ申し訳ありません。気づくのが遅れて――えっ……」

「?」

驚いたようにこちらを見てきたのは黒縁眼鏡を掛けた黒髪黒目の男だった。

非常に整った繊細な顔立ち。だが、硬質なところはなく、どちらかというと柔らかい雰囲気だ。目つきも優しい。男の人なのに、びっくりするほど肌が綺麗だ。多分私より少し年上。貴族の子弟がよく着るような服装をしている。

上質の生地が使われているところを見ると、高位貴族だろうか。

履いている革靴もピカピカで上等なものだった。

男の様相を確認し、本を持って立ち上がる。雰囲気もだが、格好からしても変な人ではないだろう。

相手もゆっくりと立ち上がった。

拾った本を渡そうとして、そのタイトルに気がついた。

「あ」

『魔女の真実～エインリヒの凶行について～』

目を見開く。

この本――『魔女の真実』は、六十年前にあった実際の事件について書かれた書籍だ。

エインリヒ侯爵という人物が主犯となって起きた魔女虐待死事件で、師匠がこの事件の被害者でもあるので、どんなことがあったのかは概《おおむ》ね知っている。

私も魔女として知っておくべきだと、師匠から教えられたからだ。

「……」

師匠から聞いたことを思い出す。

当時、王都には十数人ほどの魔女がいた。

皆、子供といって差し支えのない年齢。

魔女は城に保護される決まりとなっている。だが彼女たちは、国に認識される前に別の人物によって保護されていた。

それが国に委託されて、保護活動をしていると嘘を言って近づいたエインリヒ侯爵。

彼は善意の仮面を被って彼女たちに接し、屋敷へと連れて行った。

これからは、私が守ると。辛い目に遭う必要はもうないのだと、言葉巧みに彼女たちを騙《だま》したのだ。

だが、実際に行われていたのは、保護なんかではなかった。

エインリヒ侯爵は、実は大の魔女嫌いだったのだ。

魔女がどのような存在なのか知りながら、それでも魔女を気持ち悪いと断じ、自らの手で処分するために彼女たちを集めていた。

食事を与えず、鞭《むち》を振るい、嬲《なぶ》った。

自分は、代弁者なのだ。気持ち悪い魔女を皆の代わりに罰しているのだ。この行いは正義であるのだと狂いきった顔で叫んだ。

まだ子供で、魔法を碌《ろく》に使えなかった魔女たちは殆《ほとん》ど抵抗することもできず無残に殺され、国が事件に気づき、保護に向かった時には、残っていた魔女はひとりだけだった。

それが私の師匠である魔女ボロニア。

侯爵は、国の貴重な人材である魔女を黙って監禁して虐待し、殺したとして、最終的に罪人として処刑された。

そして改めて魔女は国が保護するべき人材であり、一方的な保護、虐待などは一切認めないと国民に通達がなされたのだけれど。

『魔女の真実～エインリヒの凶行について～』はこの事件について詳細に記されたもので、珍しくも魔女側の視点に立って書かれた本なのである。だから私も読了済みだし、改めて魔女に向けられる憎悪や迫害に至る経緯などを知り、自分とは違うものを害する人間を恐ろしい存在だと認識し直した。とてもためになる本なのだ。

おそらく一般人が読んでも勉強になると思う。

人は狂うとどこまでも残虐になれる。

誤った正義の名の下に、残酷な行いができてしまうのだと知ることができるから。

ただ、残念ながらこの本はあまり売れることはなく、知る人ぞ知るマニアックな本止まりとなっている。

魔女のことを面白おかしく書き立ててあるのならまだ売れただろうが、魔女側に立って書かれた本など興味がない。それが世間の大多数の意見で、魔女の置かれている立場がよく分かる話である。

そんな、ある意味曰くつきの本をこの男性が読もうとしていることに胸が騒ぐ。

こんなものを手に取るくらいだ。彼は多分、魔女に対する偏見がない人なのだろう。

「……」

急に、この目の前にいる男に対し、興味が湧いてきたような気がする。

貴族でも魔女に対し、懐疑的な目で見ている者は多くいる。正しい知識を持つ者もいるがそれは少数派で、多くは魔女を嫌っているし関わりたくないと考えている。

それは私の思い込みなんかではなく純然たる事実で、だからこそ余計に目の前にいる男のことが気になった。

立ち上がった男は非常に背が高く、見上げなければ視線が合わない。

私も女性としては背の高い方だが、彼と並ぶと自分が小さいのではと勘違いしてしまいそうだ。

男はまるで雷に打たれたかのように微動だにせず、大きく目を見開き、私を見つめている。

その視線は驚くほど熱く、とても居心地が悪かった。

「あ、あの……この本」

「っ、ああ……ごめんね。ありがとう」

視線から逃げるように拾った本を差し出す。じっと私を凝視していた男は、ハッとしたように目を瞬かせた。

本を受け取る。何故か頬を染め、照れたように私に言った。

「あの、どうやら私は君に一目惚《ぼ》れしてしまったみたいなんだ。その……急な申し出とは分かっているけど――私と結婚してくれないかな」

「――は？」

冗談抜きで、一瞬時が止まった気がした。

一体この男は今、なんと言った？

聞き間違いでなければ、結婚してくれとかなんとか言われたような気が……。

「……え、えっと」

まじまじと男の顔を凝視する。幻聴の類いかと思ったのだ。だが男は柔らかい笑みを浮かべ、こちらの返事も待たずに話を続けてくる。

「もちろん冗談なんかじゃないよ。私は君に本気で求婚してる。君に――私の妻になって欲しいと思ってるんだ」

「……正気ですか？　私たちは今会ったばかりですが……」

ようやくまともに声が出た。

顔を引き攣《つ》らせながら答えると、彼はキラキラと目を輝かせながら言った。

「恋に時間なんて関係ないよ。それに、会ったばかりだというのならこれからお互いのことを知ればいいんだ。簡単なことだよね」

「……え」

ウフフ、と笑う男を見て、目を見開く。

ジワジワとした恐怖が遅れてやってきていた。

見ず知らずの男にいきなり求婚されるという事態。これはおかしいと、こんなことはあり得ないと、頭が今すぐ逃げろと警鐘を鳴らす。

――何、この人、おかしい！

書店でぶつかった女にいきなり求婚とか、普通にあり得ない。

今もなお笑っている彼が何を企んでいるのか分からないのが怖く、心底ゾッとした。

男は顔立ちの整った美形で非常に見応えはあったが、それが台無しになるほどの恐怖を感じた。

身の危険を察知したせいだろう。全身に鳥肌が立っている。

怖い、今すぐ逃げなければ。

「っ……！」

必死に頭を働かせる。

恐怖で居竦《いすく》んでいる場合ではない。

何とか今すぐこの男の側《そば》から離れなければと思った私は、唇を噛みしめ、全力で逃げ出した。

「あ、待って！」

男の声が後ろから聞こえる。だが、立ち止まるわけがない。

書店から飛び出す。男は未精算の本を持っている。すぐには追ってこられない。

「ど、どっちに行けば……ああもう、悩んでる暇はない！」

考える時間が惜しい。とりあえず左に曲がる。

「……ハアハアハア」

サニーロードを走る。背後から『待ってよ』という声がして、心臓が口から飛び出すかと思うほどの驚きと恐怖を感じた。どうやら本より私を追うことを優先したらしい。最悪の選択である。

「いやあああああ」

泣きそうになりながら走る速度を上げた。男もまた速度を上げ、私を追いかけてくる。

「うわっ、まだ追ってくる。どうしよう……」

振り返った私は、男を確認し、いまだ姿が見えることに絶望した。しかし当然、素直に捕まるつもりはない。

見知らぬ男と結婚なんて考えられないし、そもそも初対面でいきなりプロポーズする男を信用できるかと聞かれたらノーとしか答えられないからだ。

――いくら美形でも、頭のおかしいのはお断りよ！

世の中に一目惚れなるものがあることは否定しないが、私相手にというのがまず理解できない。

私は傾国の美貌を誇るわけでもなければ、三国一の美姫と称されているわけでもないのだから。

何か企みがあると言われた方が納得できるし、その可能性の方が高そうだと思った。

「うわっ……もう、いい加減諦めてよ」

走りながら再度振り返ると、男が私を追いかけてくるのが見えた。先ほどよりも距離が縮まっている気がする。このままではヤバイと思った私は、自らに魔法を掛けることを決めた。

派手なものは、バレやすい。だから魔法を使ったとバレにくい、できるだけ地味なものを使う。

一時的に身体能力を高める魔法だ。それを使い、人混みを搔《か》き分け、男を撒《ま》く。

「悪いけど、全力で逃げさせてもらうわ」

ひたすら逃げる。

十分もすれば、さすがに男の姿は完全に見えなくなっていた。どうやら上手《うま》く撒けたらしい。

魔法を使ったのだ。これで逃げられないわけがない。

「あー、良かった……」

足を止め、安堵の息を吐く。

念のため周囲を確認し、男の姿が見えないことを確かめてから、屋敷へ戻った。

「今、帰ったわ」

「お帰りなさいませ」

近くにいた執事が頭を下げる。返事をし、そのまま自室に向かった。無駄に体力を使ったせいで、へとへとに疲れ果てていた。

本を買うことはできなかったが、それどころではない。もうぐったりだ。

私は部屋の奥にあるベッドのところまで行くと、思いきり倒れ込んだ。

「はあああああああああ！」

びっくりした。

まさか気晴らしに書店へ行ったら、一目惚れからのプロポーズを受ける羽目になるとは誰が思うだろう。

人生何が起きるか分からないというが、本当に意味不明だ。

あまりの意味の分からなさに恐怖を感じ、必死に逃げてきたが、自分の部屋まで辿り着いて安全を確保した今となっては、少しだけ私を追いかけてきた男のことが気になった。

綺麗な人だった。

黒縁眼鏡がよく似合っていたし、着ている服も上質で、きっとどこかの貴族の息子なのだろう。

普通にモテそうな感じだった。

それなのに、出会い頭にぶつかった私に求婚とか。

非常に残念だ。残念すぎる。もうそれだけで、評価はマイナスどころか地に落ちたと言えるだろう。

何だろう。何か問題でも抱えているのだろうか。たとえば彼にはお飾りの妻が必要で、ちょうどいい女を探していたとか。そこに書店で偶然ぶつかった私を見つけ、これはいいとばかりに求婚した……なんて、可能性としてはありそうだ。

つまり、よくよく話を聞けば『お飾りの妻になって欲しいんだ』的な展開になっていたのではないだろうか。

「いや、それはそれでお断りなんだけど」

そもそも私は魔女なので、誰かと結婚するという考えがない。

魔女とバレた時点で、嫌がられるのは簡単に想像がつくし……と考えたところで彼が落とした本を思い出した。

「そういえば彼は、魔女に偏見がない人……なんだよね、多分」

あの本を買うつもりなら、間違いなくそうだと思う。少なくとも、正しく魔女を知ろうとしている人。

とはいえ、それはきっと彼だけで周囲の人間は違うのだろうけど。

「やっぱりお飾りの妻も無理ね。うん」

改めて結論を出し、頷く。

彼がお飾りの妻を探しているというのは私の妄想でしかないのだけれど、なんとなく結論が出たことですっきりした気がした。

「……あーあ、忘れよ」

いつまでも終わったことを考えていても仕方ない。

変な出会いだったが、二度と会うことはないだろう。あんな偶然の出会いがそう何度も起こっては困るのだ。

「……」

近くにあった枕を引き寄せ、抱きしめる。

ギュウッと目を瞑《つぶ》る。

忘れると決めたはずなのに、何故か彼の姿が脳裏にちらつく。

それを不思議に思いつつ、私は夢の世界へと落ちていった。

第一章　二日目

「……？　何かあったのかな」

次の日の午前中、自室でゆったりと読書を楽しんでいると、どうにも屋敷の中がざわついていることに気がついた。なんとなく気に掛かり、本を置いて部屋を出る。

ちょうど廊下を歩いていたメイドを捕まえ、聞いてみた。

「ね、何かあったの？　ずいぶんとざわついている様子だけど」

「お嬢様」

話し掛けられたメイドが立ち止まる。そうして小声で言った。

「どうもですね。王太子様の婚約発表がなくなったという話でして。それで皆驚いて話しているんですよ」

「えっ、フェンネル殿下の婚約発表がなくなった……？」

「みたいですよ」

メイドの言葉に驚きを隠せない。

だってまさかの発表予定当日になっての取りやめとか。

いくらなんでもあり得ないし、突然すぎる。

「……リコリスに何かあったのかな」

王子の婚約者となる予定だったのは、私の親友リコリスだ。もしかして彼女に何か不測の事態でも起こったのだろうか。

気になり、詳細を聞いてみたが、メイドはそれ以上は知らないようだった。

「そう……ありがとう」

メイドに礼を言い、急いで二階から一階に下りる。

詳しい話を知る人を探したかったのだ。

だが分かったことといえば、今朝方突然、婚約発表予定が取り消しになったと城からお触れが出たという事実だけだった。

城に出入りする父にも聞いてみたが、父もよく知らないようだ。

とにかく突然、婚約発表が中止になったと首を傾《かし》げながら言っていた。

「……まあ、リコリスのためには良かったんだろうけど」

リコリスが王太子との結婚に対し積極的でなかったのは知っているので、婚約がなくなったこと自体は良かったと思う。だが、その理由が分からないのが怖い。

もし親友に何らかの問題が起こったのだとしたら……。

考えただけで恐ろしいし、何だったら今からでも本人に会いに行ってみようかと考えた――のだけれど。

「お嬢様。リコリスお嬢様がいらっしゃいました」

「えっ……」

本人から詳しい話を聞いてみようかと考えた矢先、執事が焦った様子でやってきた。どうやら私が行くまでもなく、彼女の方から訪ねてきてくれたらしい。私は急いで彼女を迎えに出た。

直接話を聞けるのならその方がいいし、もし万が一だけれど、友人が傷ついているのなら一刻も早く慰めてあげたかったのだ。

「リコリス！」

玄関の扉を開け、外に出ると、ちょうどリコリスが馬車から降りたところだった。

リボンとフリルのたくさんついた、可愛らしいドレスを着ている。フワフワの髪を高く結い上げ、大きな宝石のネックレスとイヤリングをつけた彼女は、私を認めると破顔した。

「ヴィオラ！」

私の愛称を呼び、駆け寄ってくる彼女はとても元気そうだ。血色も良いし、とてもではないが、婚約を取りやめにされた女性には見えない。

「リコリス、心配したのよ。その、急に婚約発表が中止になったって聞いたから」

何はともあれ、まずはこの話をしなければと思い告げると、彼女は笑顔で言った。

「その話を聞いて欲しくて来たの！　もう、居ても立ってもいられなくて！　先触れを寄越さなくてごめんなさい」

「それは構わないけど……」

私も話を聞きたいと思っていたし、何なら訪ねていこうと考えていたのでお互い様だ。それに今日は用事もなかったし。

「……とりあえず、私の部屋へ行こう？」

皆がリコリスに注目していることに気づき、彼女を促した。

王子が婚約発表を取りやめたことは、すっかり噂《うわさ》になっているのだ。そんな中、当事者がやってきた。皆が興味津々になるのも仕方ないが、全員が全員、心配しているわけではないのは少し考えれば分かる。

下手に話を聞かれて変な風に広められても困ると思った私は、まずは私の部屋へ来るよう彼女に言った。リコリスは素直に頷き、私のあとについてくる。

メイドにお茶の用意だけさせて下がらせてから、口を開いた。

「――それで？　どういうことなの？」

ソファに腰掛け、優雅な仕草で紅茶を飲もうとしていたリコリスが首を傾げる。

「どういうって……どうもこうもないわよ。今朝方殿下に呼び出されて、予定していた婚約発表を取りやめにしたいって言われただけ。それに対して私は『はい、分かりました』と答えた。簡単でしょ？」

「……簡単って」

正直、面食らった。

言葉だけなら確かに簡単だが、実際はそんな軽いものではないだろう。何せ王子とリコリスの婚約は、半年以上も前から計画されていたものだからだ。

少なくない人数が彼女たちの婚約話には関わっていて、発表当日に「はい、止めましょう」では終わらない話だと知っている。簡単なはずがないのだ。

だがリコリスはにこにこと上機嫌に言った。

「今朝方、殿下から手紙が来て、急いで登城して欲しいと書かれてあったの。今日が婚約発表ということは分かっていたから、その関係での呼び出しかしらと思って行ったら『婚約は取りやめにしよう』だもの。私に都合の良い幻聴が聞こえたのかと思ったわ」

「今朝？」

「ええ。手紙で伝えるには失礼だから直接言いたかったって。そういうところ、律儀よね、あの方。……あら、このお茶美味《おい》しいわね」

どうやら提供したお茶が気に入ったらしい。

「うちの料理長のオリジナルブレンドよ。気に入ってくれたのなら良かったわ。でも……急に婚約が取りやめになって大丈夫だったの？」

「平気よ。だって、まだ婚約に至っていなかったのだもの。内々で準備が進められていただけで、なんの契約書にもサインしていないし。だから、私にも殿下にも傷はつかないわ」

「まあ、確かにそう、よね」

リコリスが相手ということは、貴族たちの間では知られていたが、あくまでも内々の話。婚約破棄とか婚約解消……みたいな話にはならないのだ。

リコリスは婚約話がなくなったことがよほど嬉しいのか、キャッキャとはしゃいでいる。

「完全に諦めていたから嬉しいわ。殿下ってすごく良い方なんだけど、いつも事務的な感じでそれが苦手だったのよね。お互い相手に対して恋愛感情がないから仕方ないんだけど、私は、どうせなら愛される結婚がしたかったから」

「そうね。リコリスはずっとそう言っていたものね」

彼女は地位や権力に興味はないのだ。

ただ愛し愛される結婚がしたい。そして実は、その相手はすでにいるのだ。

その人物は昔からリコリスのことが好きで、彼女もその気持ちに気づいていて、お互いチラチラと気にしている。私もいつ、両想《りょうおも》いになるのかなと様子を窺《うかが》っていたのだけれど。

結局ふたりがもだもだしている間に、リコリスの父親が王子との婚約話を進めてしまった。

だからリコリスから王子と婚約するという話を聞いた時はどうしてそんなことにと思ったし、やるせない気持ちになったけれど、結果的に王子との婚約はなくなったのだから終わりよければすべてよしだ。

「おめでとう、というのは違うのかもしれないけど、おめでとう。良かったわね、リコリス」

彼女の本心を知るからこその言葉に、リコリスは笑顔を見せた。

「おめでとうで間違っていないわ。本当に嬉しいんだもの。ありがとう、ヴィオラ」

笑みを浮かべるリコリスは輝かんばかりで、彼女が心から喜んでいる様子が伝わってくる。あとは、彼女が想う人と結ばれれば何も言うことはないのにと思っていると、リコリスが言った。

「それでね。殿下が婚約話をなかったことにしてくれって言ってきた理由なんだけど」

「うん。……あ、それって私が聞いても大丈夫なの？」

不安になったが、リコリスは笑って言った。

「大丈夫よ。殿下も別に隠すつもりはないって言ってらしたし。その、ね。どうも殿下ってば好きな人ができたらしいの。だから私とは結婚できないって言い出したみたい」

「好きな人!?」

婚約直前での『好きな人ができた』発言に仰天した。

信じられないという気持ちでリコリスを見る。彼女は頷き「私も聞いた時は驚いたわ」と真顔になって言った。

「今まで全然、そんな気配もなかったのにね。だって、ずっと『結婚は義務だから』なんて淡々と言ってた人なのよ？　それが急に恋ですって。どうしても結婚したい人ができたから婚約はなかったことにしたいって言われて本当に驚いたわ」

「……へえ」

「すごく真摯に謝って下さったの。そんなことして下さらなくてもいいのにね。恋をするって素敵なことだと思うし、私『頑張って下さい』って背中を押してきちゃったわ！」

「そうなの？」

「ええ！　そのお陰で私は婚約から解放されたのだもの。応援くらいいくらでもするわよ！」

リコリスが紅茶の横に添えてあった小ぶりのマカロンに手を伸ばす。

ピンク色のマカロンを食べたリコリスは「美味しい～」と両手で頬を押さえた。

「あ～。憂いがなくなったからか、食べ物が美味しいわ～。まさか婚約発表当日にこんな素敵などんでん返しが待っているなんて思わなかったから本当に嬉しいの。で、ヴィオラはずっと私の相談に乗ってくれてたから、この事実をいち早く教えなくちゃって思って――」

連絡する間も惜しみ、馬車で駆けつけてきたとそういう話らしい。

「そうだったんだ」

一通り話を聞き、頷く。私もマカロンを口に運んだ。私のマカロンは黄色で、シトロンの味がした。ちなみにリコリスが食べたマカロンはローズ味だったと思う。

「で？　殿下のお相手って誰なの？　好きな人ができたってことはその方と結婚するのよね？　どこの家のご令嬢なのかしら」

別に王子個人に興味はないが、自分の国の王子がどこの誰と結婚するのかくらいは知っておきたい。それくらいの軽い気持ちで尋ねた。

だがリコリスは首を横に振る。

「知らないわ。私も聞いてみたのだけど、詳しいことは教えて下さらなかったの」

「え、そうなの？」

「ええ。でもきっと彼女と結婚してみせるよって、すごく綺麗な笑顔で言ってらしたから、近々お披露目があるのかもしれないわね」

「へえええ」

「長い人生なのだから、やっぱり連れ添うなら、好きな人が一番よね。本当に良かったと思うわ。私と結婚したところで、幸せになんてなれなかったと思うもの」

「リコリス」

「お互いに愛がないのよ。幸せになんてなれるはずないじゃない」

きっぱりと断言するリコリス。その様子から彼女が本気でそう考えていることが伝わってくる。

私としては愛がなくても互いに尊敬の感情があるのなら、それなりに仲の良い夫婦になれるのではと思うのだけれど、リコリスの結婚観に口出しするつもりはないし、私自身結婚する予定もないので黙っていることにした。

それに、リコリスの話に相槌《あいづち》を打つだけでも楽しいし。

私は、彼女が生き生きと話す姿が好きなのだ。リコリスはいつも本気で生きていて、それが私にはとても眩しく見える。

「……お嬢様」

「何？」

楽しく語らっていると、しばらくして執事が部屋の扉をノックした。入室を許可すると、執事から「アドニス様がお帰りになられました」という言葉があった。

「お兄様が？」

「はい」

ピクリと肩を揺らすリコリスを視界の隅に捉えながらも執事との会話を続ける。

執事はリコリスに目を向けると、柔らかく微笑んだ。

「アドニス様に、リコリスお嬢様がいらっしゃっているとお伝えしたところ、あとでご挨拶に伺うとのことでしたが――」

「……そう。お待ちしていますとお伝えしてちょうだい」

「かしこまりました」

執事が部屋から下がる。私はリコリスに目を向けた。

「らしいわよ」

「そ、そう……アドニス様がいらっしゃるのね」

「ね。別に挨拶なんてしなくてもいいのにね」

「そ、そうね」

ソワソワと落ち着かない様子のリコリス。ほんのりと頬が赤く染まっている。

そんな彼女を何も言わず見つめていると、新たに扉がノックされた。

「はい」

「ヴィオラ。僕だけど」

「どうぞ、お兄様」

兄の声が聞こえたので入室を許可する。私と同じで黒髪に青い目をした痩せ型の男が室内に入ってきた。

綺麗というより男らしい顔立ちが目を引く。いや、どちらかというと爽やかな男前という方が正しいかもしれない。

真面目な性格が雰囲気に表れ出ている。

髪は肩の下まで伸ばしており、リボンでひとつに纏《まと》めていた。十人中八人は格好良いと答えるであろう彼こそが私の兄だ。

アドニス・エルフィン。

今年で二十一歳になる、王子の幼馴染みにして側近という役どころを務めている。

兄はささっと室内を見回し、リコリスを見つけると嬉しそうに表情を輝かせた。

「リコリス！」

――うん、だからバレバレなんだよね。

小さくため息を吐き、ふたりの様子を窺う。

ずっとリコリスのことを好きだった男。それこそが兄なのである。

兄はリコリスに長く片想いをしていて、リコリスの方もそれに気づいている。それどころか、どうも彼女も兄のことが好きなようなのだ。

多分、リコリスは兄が告白してくるのを待っているのだろう。すでにその関係は三年を超えていて、私は早くふたりがくっつかないかなあと思いながら見ているのだ。

リコリスが兄に向けて笑みを浮かべる。

私に向けるものとは全く違う、非常に可愛らしい笑顔だ。彼女はそれを惜しみなく兄に振る舞った。

「お久しぶりです、アドニス様。お会いできて嬉しいですわ」

「ぼ、僕もだ。その……君が来ていると聞いたものだから」

分かりやすく照れる兄。そんな兄にリコリスは言った。

「もうお聞きになったかもしれませんが、実は私、王太子様との婚約話がなくなりましたの」

「っ！　あ、ああ。知っている」

兄が表情を引き締《し》めた。だが、目が泳いでいる。どう返すのが正解なのか分からないのだろう。

困っている様子の兄に、リコリスが話を続ける。

「どうやら殿下には心に想う方がいらっしゃるご様子。私も心から応援させていただきましたわ」

「応援？　だが、君は……」

「ここだけのお話にして下さいませね。私、別に殿下をお慕いしているわけではありませんの。もちろん殿下が素晴らしい方だということは存じておりますし、もし結婚することになったのなら真摯に妻としてお仕えしたと思いますけれど、恋愛感情は一切ありませんでした。だから、この婚約が成立しないままなくなったことを、私は喜んでいるのですのよ」

「……そう、なのか？」

「はい」

すらすらと淀《よど》みなく己の気持ちを告げるリコリス。

兄はそんな彼女の言葉を真剣に聞き、ホッとしたように息を吐いた。

「そ、そうか。僕はてっきり君が落ち込んでいるのではないかと――」

「あり得ません」

「そ、そうか」

光の速さで否定するリコリスを見て、彼女は今度こそ兄と良い仲になろうとしているのだなと察した。

前回は、王子との婚約話が出て、せっかく近づいていた距離が広がってしまった。その話は運良く破談になったけれど、またいつ誰かとの縁談が来るとも限らない。

それは兄も同じだ。

何せ兄は公爵家継嗣かつ、王子の側近。

見目も良いので、とんでもなくモテるのだ。縁談が降るように来ているのは知っているし、今のところ断ってはいるが、いつ父辺りが「いい加減にしろ」と適当な家の娘を宛てがってくるやも分からない。

リコリスが完全にフリーになっている今がチャンスなのだ。彼女も公爵家の娘。

家格に問題はないし、リコリスの気持ちも兄に向いているのだから、さっさと告白して、父に結婚するとはっきり宣言すればいいのに。

だが、兄はどうにもタイミングが悪いというか、運が悪いというか……とにかくいざという時に失敗してしまう人なのだ。へたれとも言う。

私も、王子との婚約話が出るまでに何度か兄がリコリスに告白しようとしている場面を見たことがあるのだけれど、どれも酷いものだった。

告白しようとリコリスを呼び止めた瞬間、その場で足をもつれさせてすっ転んだり、告白の言葉を言おうとしたタイミングで誰かの邪魔が入ったり……とにかく告白しようとすると、何らかのトラブルが起こる。

そしてトラブルが起こったあとにまで勇気は持続しないようで、いつも「いや、何でもない」とすごすごと退散してしまう。

それをリコリスが残念そうに見ているのを知っているだけに「もっと頑張れよ！」と言いたくなるのだけれど……さすがに兄と友人の恋愛に口を挟むのもどうかと思い黙っているといったところだ。

今も兄は物言いたげにリコリスを見ている。

すうはあと深呼吸をしているようだが……これは、フリーになったリコリスに再度告白するつもりだろうか。

——行け、兄！　振られることは多分ないから頑張れ！

というか、できれば私がいないところでして欲しいのだけれど、今まで何度も失敗している兄的には場所やタイミングなど考えてはいられないのだろう。どうせ考えたところで失敗する。多分、そう思っているのだろうし、うん、私もそう思う。

「リ、リコリス……」

「は、はい」

兄が顔を真っ赤にしてリコリスを見る。リコリスも期待するように兄を見つめ返した。

そんなふたりを見て、私はそろそろと下がり、できるだけふたりから距離を取る。

少しでも邪魔をしないようにと気を遣ったのだ。

だが。

「リコリス、ぼ、僕は――」

「失礼いたします。お茶をお持ちしました」

「っ‼」

実にバッチリなタイミングでメイドが部屋の扉をノックした。どうやら兄の分のお茶を持ってきてくれたようだが――うん、いつもながら謀ったのかと言いたくなるレベルである。

「っ……あ、ああ」

断腸の思いで兄が返事をする。その顔は悔しそうだし、リコリスも残念そうだった。

メイドが入ってくる。彼女は妙な雰囲気になってしまった私たちを見て首を傾げていたが、テキパキと準備を始めた。

兄の分のお茶を用意し、部屋から出ていく。

「……」

「……」

「……」

すっかり告白どころの雰囲気ではなくなってしまった。

そしてそうなると、更に頑張る！　とはいかないのがうちの兄なので、すっかり萎《しお》れた兄は殆どお茶に手をつけることなく、とぼとぼと部屋を出て行った。直後、扉の向こうから「うわあああああ！」という非常に間抜けな声が響く。

「え、何事？」

リコリスと顔を見合わせ、部屋の扉を開ける。そこには掃除用のバケツに片足を突っ込み、廊下に倒れている兄がいた。バケツの側には雑巾が落ちている。メイドが驚いたように兄を見ていた。

「……何をなさっているのですか。お兄様」

冷たい声になったのは許して欲しい。だって、意味が分からない。

兄はよろよろと立ち上がると、顔を赤くして言った。

「いやその……掃除用のバケツがあることに気づかなくて、足を突っ込んで転んでしまったんだ」

「……」

そのままだった。

無言になる私。目をパチクリさせるリコリス。兄が「えっ」と言った。

どうやら兄はリコリスに見られていることに気づいていなかったようだ。見事醜態をさらしてしまった事実に耐えきれず、顔を林檎《りんご》のように赤くして「す、すまない。それじゃあ！」と脱兎《だっと》の如《ごと》く逃げて行った。

しばらくして、玄関の扉が開いたので、多分王城へ戻っていったのだろう。

一体なんのために、屋敷に帰ってきたのか。

ため息を吐いていると、リコリスがぽつりと言った。

「……私、待ってるのに」

――本当にね。

あまりにも残念そうに呟《つぶや》く彼女に、私は声にこそ出さなかったものの大いに同情したのであった。

第二章　三日目

――ずっと、波風を立てることなく生きてきた。

好きなものは特になく、嫌いなものも特にない。

国のために生きることが当然で、その生き方に不満を感じたこともない。

私――マグノリア王国王太子フェンネルは、そうやって二十二歳になるまで生きてきた。

父たちや重臣たちが望むのならと、彼らの要望には可能な限り応えてきたつもりだ。

そんな私にも、半年ほど前にはついに婚約の話が出た。

そろそろ妃を娶《めと》り、来るべき即位の日に備えろということだ。

もちろん否やはない。

父が用意した婚約者は、リコリス・スノウ公爵令嬢。

宰相の娘で、物事を弁《わきま》えた、非常に常識的で聡明《そうめい》な女性だ。

婚約が内定してから彼女とは数回会ったが、なるほど、彼女なら良い妃になるだろうと思えた。

国のためと言われれば断るなんて選択肢はもとよりなく、私はこの婚約を受けるつもりだった……

のだけれど。

「結婚相手くらい自分で選べばいいのに。王子ってのは不便なものだねえ」

「えっ」

婚約発表の前日、城にいる魔女ボロニアに廊下を歩いているところを呼び止められた。

掛けられた言葉に目を見開く。

立ち止まれば、彼女はにやりと笑った。

魔女ボロニアは、現在国に認定されている唯一の魔女だ。

もうひとり、魔女見習いもいるけれど、魔女として活動しているのは彼女だけ。

ボロニアは六十歳を軽く超えるが、外見年齢は三十歳ほどにしか見えない。城に住み、王家に長く仕えてくれている彼女を私は信頼していたし、幼い頃から懐いていた。

何せボロニアだけは私を『王子』ではなく『子供』として扱ってくれたので。

まるで自らの孫のように可愛がってくれる彼女に私が懐いたのもある意味当然と言えた。

「仕方ないよ。結婚は義務だから」

ボロニアにそう答える。彼女は「義務ねえ」と吐き捨てるように言ってから、小さな瓶を渡してきた。

「これは？」

「髪色と目の色を変える魔女の秘薬さ。正式に婚約をして、結婚したら今より不自由になるのは間違いないだろう？　少しくらい羽目を外してきな」

「羽目を外す？」

瓶を受け取り、首を傾げる。ボロニアの言葉の意味が分からなかった。

瓶の中には緑色の液体が入っている。

目と髪色を変える魔女の秘薬。

魔女の作る薬は他国からの需要が高く、外交に使えるので、基本は王家に納品することになっている。それを私にくれた意味が分からなかった。

「ボロニア。これ……」

「ああ。納品分とは別だから安心してくれていいよ。決められた数さえ納品すれば、あとは私たちの勝手だからね。これは私からのプレゼントさ」

「……」

小瓶を見つめる。かなりの量が入っていた。

「それで大体、三回分くらいはあるよ。その薬を飲んで、気分転換に、王都でもぶらついといで。王子ということをひとときでも忘れて、ゆっくり外の世界を見てくるといい。……案外、今まで見えなかったものが見えるようになるかもしれないよ」

「……ボロニア」

貴重な薬をあっさりとくれた彼女を見つめる。ボロニアはなんとも複雑な表情をしていた。

「……私たちだって、気に入った奴《やつ》には贔屓《ひいき》くらいするんだよ。あんたは私の孫みたいなものだからね。特別扱いして何が悪い。もし、足りなくなったら言いな。あんたなら、納品とは関係なく用立ててやるよ」

「……ありがとう」

「別に。このままあんたがただ、国に使い潰されていく様を見たくないだけだよ」

ふん、と顔を背ける彼女。

彼女が私のためを想ってくれたのは明らかで、その気持ちがとても嬉しかった。

孫のようなものと言ってくれたことに、心が温かくなる。

私は納得してこの道を歩んでいて、同情されるようなことは何もない。

だけどボロニアの気遣いを無駄にしたくなかった私は、彼女の言葉に従い、少しだけ外の世界を見てみることを決めた。

◇◇◇

「……活気があるな」

ボロニアの薬を飲み、目と髪の色を変えた私は新鮮な気持ちで王都を歩いていた。

不思議なものだ。

顔かたちは変わっていないのに、誰も私が王子だとは気づかない。

念のため眼鏡も掛けてみたが、この様子では必要なかったかもしれない。

誰も自分に注意を払わない状況が楽しい。

フラフラと町を歩き、適当な店へと出入りする。そうしているうちに、大きな書店へと辿り着いた。

なんとなく気を引かれ、中に入る。

店内は人が多く、かなり混み合っていた。

一階は娯楽小説が多いが、二階には専門書も並んでいる。

「へえ、こんな本まで置いてあるのか」

偶然、目に留まったのは魔女について書かれたものだった。

今から六十年前に起こった悲劇について、魔女の立場から書かれた書物。そういうものがいくつかあることは知っていたが、この本は初めて見た。

ボロニアのことを思い出す。

彼女から六十年前の悲劇――エインリヒの凶行については、ざっくりとではあるが、ある程度聞いていていたし、自分でも色々調べた。彼女は悲劇の当事者で、話を聞いた時は胸が潰れそうな心地になったものだ。

それについて書かれた本。

もしかしたら、今まで調べたこと以外の情報が得られるかもしれない。この国の王子としても、慕っているボロニアのことをもっと知るためにも、読んでみたい。そう思った。

本を手に取り、一階にある会計コーナーを目指す。その途中で誰かとぶつかった。

「あいたっ……」

小さな声。

それが女性のものだと気づき、慌てて相手を見る。私も尻餅をついてしまったが、彼女も同じだった。彼女は私が落とした本に気づくと、それを拾い上げてくれた。

「すみません。前方不注意でした。お怪我はありませんか?」

「いえ、こちらこそ申し訳ありません。気づくのが遅れて——えっ……」

彼女と目が合った瞬間、まるで雷に打たれたかのような衝撃を感じた。

理由は分からない。だけど、不思議そうに首を傾げる女性に、目が釘付《くぎづ》けになる。

「?」

「あ……」

ドクンドクンと心臓が大きな音を立て、信じられない速度で脈打っている。

腰まである茶色の髪。目の色も同じだ。この国ではよくある色合い。

綺麗な顔立ちをしている。少し目はつり上がり、きつめの美人という感じだ。

肌は抜けるように白い。まるで普段から日に当たっていないような白さだった。

彼女は裾の長いワンピースを着ていたが、その素材もデザインも平民たちが愛用するもので特別高価という感じではない。だが、彼女には洗練された貴族らしい雰囲気があり、平民と断じるには迷いが残る。

「……」

体格はすらりとしていて、かなり細身だった。

じっと彼女を見つめる。

初めての感覚だった。心が痺《しび》れている。彼女を見た瞬間、一瞬で全てを持っていかれたと思った。

彼女という存在が、キラキラと光り輝いているように私には見えた。

どう考えてもただ事ではない。

だけどこれが何なのか、説明されなくても分かった。

おそらく、私は彼女に一目惚れしたのだろう。

ひと目見て恋に落ちる。そういう現象があることは知っていたが、まさか自分に起こるとは思わなかった。だって今まで、碌に感情が動いたことがなかったのだ。

好きなものも嫌いなものもない自分。

特別なものなど存在しなくて、心を揺り動かされるようなものはどこにもなかった。そうやって二十二年間生きてきたのに、今、私はどうしようもなく心乱されている。

彼女がゆっくりと立ち上がる。私もつられるように立ち上がった。

ただ、彼女を見つめる。急に世界が薔薇色《ばらいろ》に色づいた。そんな風に感じ、今まで自分がどれだけ暗い場所で生きていたのかを思い知った心地だった。

「あ、あの……この本」

「っ、ああ……ごめんね。ありがとう」

拾った本を差し出され、ハッとした。

我に返る。ぼんやりしている場合ではない。とにもかくにも私の気持ちを伝えなければ。

私が今抱いている感情を彼女に。初めてのことに気持ちが逸《はや》っているのだろう。本を受け取りながらも私の口から出た言葉はあまりにも直球すぎた。

「どうやら私は君に一目惚れしてしまったみたいなんだ。その……急な申し出とは分かっているけど——私と結婚してくれないかな」

「——は？」

——あ。

しまったと思った。

さすがに今のは、初対面の女性に言うべき言葉ではないだろう。

彼女がギョッとした顔で私を凝視してくる。当たり前だ。

いきなり見知らぬ男にプロポーズされて平然としていられる女性などいるはずがない。

なんとか誤魔化さなければ。

だが、もしそれで冗談と思われて流されてしまったら、本末転倒だ。

むしろこうなれば、嘘ではないと伝える方向に舵を切った方がいいのではと思い直した私は、焦りながらも口を開いた。

「もちろん冗談なんかじゃないよ。私は君に本気で求婚してる。君に——私の妻になって欲しいと思ってるんだ」

馬鹿みたいだと思う。

出会ったばかりの女性を必死に口説いて、妻になって欲しいと懇願するなんて。

今までの私を知る者が見たら、きっとどこの誰だと目を疑うだろう。

それに、私は明日には婚約発表を控えた身の上で、自由な行動など許されないと分かっているのに、こんなことをしているのだから。

だけどもう、無理なのだ。

今となっては素直に婚約をしようとは思えない。

だって、彼女以外は嫌なのだ。いくら相手が美しく聡明な女性でも、彼女でなければ意味がない。

意味がないのだと知ってしまった。

——城に帰ったら、すぐにでもリコリス嬢と話そう。婚約の話をなかったことにしてもらおう。誠心誠意謝罪し、許してもらえるように努力しよう。償えというのなら、どんなことでも。そう心に決めていると、目の前の彼女が訝《いぶか》しげに言った。

「……正気ですか？　私たちは今会ったばかりですが……」

「恋に時間なんて関係ないよ。それに、会ったばかりだというのならこれからお互いのことを知ればいいんだ。簡単なことだよね」

理屈なんてどうでもいい。

大事なのは、私が彼女を求めているということ。

互いを知らないというのなら、いくらでも時間を掛けて知ればいいだけの話。

私も彼女のことを知りたいし、私のことも知って欲しい。

初めての恋に浮かれながら、うっとりと告げる。彼女は何故か目を見開くと、覚悟を決めたような顔をして——そして、脱兎の如く逃げ出した。

「えっ……」

咄嗟《とっさ》のことで反応が遅れた。

彼女が店の外へ走っていく。このまま別れるなんて絶対に嫌だと思った私は、慌てて彼女の背中を追いかけた。

「あ、待って！」

今なら追いつける。

だが、運の悪いことに私は未精算の本を持っていて、急には外に出られない。

仕方なく本を本棚に戻し、できるだけ急いで本屋を出る。

どちらに行ったのかと辺りを見回すと、遠くの方に彼女の小さな背中が見えた。

「待ってよ！」

思った以上に足が速い。

必死に追いかけたが、追いつけない。結局彼女は上手く人混みに紛れ、私を撒いてしまった。絶対に捕まえてみせると思っていたのに、あまりにも不甲斐《ふがい》ない。

彼女を見失った私は、頭を抱えた。

「最悪だ……」

せっかく好きな人を見つけることができたのに、あっという間に見失ってしまうなんて。

諦めず追いかけたい気持ちはあったが、どこに向かったのかも分からない現状では、どうしようもない。

仕方ない。今日は諦めて、また明日にでも捜索しよう。そう決めて、城に戻った。

自室には戻らず、その足で父の執務室へ向かう。

普段の私なら、連絡もせず出向くなんてことはしない。だが、今は一刻も早く父と話がしたかった。

「フェンネル殿下？」

「すまない。父上はいらっしゃるだろうか」

「え、はい。いらっしゃいますが……」

執務室の扉の前にいた兵士に父が在室中か尋ねると、彼は驚いたような顔をしつつも頷いた。

「少し話があって。——父上、フェンネルです。宜《よろ》しいでしょうか」

ノックをし、声を掛ける。

しばらくして返事があった。

「フェンネルか？　ああ、構わない」

「失礼します」

入室許可が出たので扉を開ける。中に入ると、父は執務机で寛《くつろ》いでいた。

どうやら休憩中だったらしい。運が良かった。

「父上」

「おお、どうした。フェンネル。お前が何も連絡せず訪ねてくるなんて珍しいな。槍《やり》でも降ってきたかと思ったぞ」

「たまにはこういうこともありますよ。ご迷惑でしたか？」

「いや、構わない」

笑いながら父が言う。室内には文官が三名と、武官が二名いた。それを確認し、父に告げた。

「父上、申し訳ありません。折り入ってお話と……その、お願いがあるのですが――」

チラリと、彼らに目を向ける。私の言いたいことを察した父が、珍しいものを見るような目で私を見た。

「お前が？　ますます槍でも降ってきそうな話だな。ふむ、めったにない息子の頼みだ。ひとまず聞いてみようではないか。皆、下がれ」

さっさと手を振り、父が退出を命じる。

皆、素直に頭を下げ、部屋から出ていった。

「で？　お前の願い通り、皆は出ていかせたぞ。話とやらは聞かせてくれるのだろうな」

「もちろんです」

「……ふむ。そうだな。立ち話で済ませるのもなんだ。そちらに座るといい」

父が示したのは、執務机の近くにあるソファだった。

緋色《ひいろ》のソファは、百年ほど前の職人が手がけたもので、父のお気に入りだ。

同じくソファの前にあるローテーブルも同じ職人が製作したもので、一点物となっている。

「失礼します」

指定された場所に座る。正面の席に父が座った。

「で？」

父が手を組み、視線で促してくる。

それに頷き、口を開いた。

「単刀直入に言います。父上、好きな人ができました。申し訳ありませんが、明日の婚約発表はなかったことにして下さい」

「何？」

「生まれて初めて欲しいと思える人ができたのです。私は彼女以外と結婚したくありません」

「……ほう」

いきなり好きな人ができたと言った私に、父は怒るかと思ったが、逆に興味深そうな顔をされた。

「お前に好きな人、か。どうした。槍が降るどころの騒ぎではないな。天変地異の前触れか？」

「……槍が降るのだって、十分すぎるほど天変地異だと思いますよ。私だって人を好きになることくらいあるのです」

「俄《にわか》には信じがたいな」

父がニヤニヤと笑う。どうやら面白がっているらしい。

「……何と言われようと事実なのですから仕方ありません。私は彼女が好きなのです」

「事実、か。……ふむ、それで？　お前を射止めたのはどこの誰だ？」

父親としては当然の疑問。それに目を伏せながら答えた。

「その、残念ながら名前すら知りません。偶然町で出会っただけの人なので……」

「？　町？　お前、町に行っていたのか？」

「はい。ボロニア殿が厚意で薬をくれまして――」

ボロニアのことを話すついでに、私が彼女と出会った時の話もする。

書店で出会った女性に見事逃げられたと言うと、父は大きな声で笑った。

「ははは！　なんだ、お前、好きな女性に逃げられたのか」

「まさか逃げられるとは思わず、出遅れました。追ったのですが見失ってしまって……」

情けない話だが、正直に告げるしかない。

恥じ入りながらも告白すると、父は散々笑ってから頷いた。

「そ、そうか。だがお前はその女性が良いのだな？」

「はい。彼女以外は嫌です」

はっきりと返事をする。

彼女以外は嫌。それだけは確かだ。

もう私は彼女以外の女性を妻に迎える気には到底なれないし、どんな手段を用いてでも彼女を見つけ出してみせると決めている。

私の顔を見た父が頷く。

「分かった。それなら明日の婚約発表は取りやめにしよう」

「っ！　いいのですか」

まさかこんなにもあっさり了承してもらえるとは思わず、目を見開いた。

何せ婚約の話はかなり前からあったのだ。更に言えば、リコリス嬢は父が選んだ相手。その相手を嫌だと言うのは、父に対する反抗とも取れる。

今更わがままを言うなと窘《たしな》められても仕方ないと思っていた。もちろん、そう言われたところで諦めるつもりもなかったが。

驚きながらも父を見る。父は鷹揚に頷いた。

「結婚したい相手が他にいるのに、そうではない相手と婚約話を進めても意味はない。どちらの令嬢にも失礼なだけだ。だが、フェンネル。お前の婚約者となる予定だった令嬢には自分の口からきちんと説明するのだぞ。それが筋というものだ」

「分かっています」

それは当然のことだ。

特に今回、リコリス嬢の方に非は全くない。私が全面的に悪いのだから、真摯に説明し、許してもらえるようお願いするより他はない。

「分かっているのならいい。そうだな。宰相の方には私から話をしておいてやろう。フェンネル、ここまでお膳立てしてやったのだ。必ずや、その一目惚れしたという女性を連れて来るように。分かったな?」

「はい。ありがとうございます、父上」

父に感謝し、頭《こうべ》を垂れる。

「うむ。お前がどのような女性を連れて来るのか、楽しみにしている」

「勝ち気そうな美人ですよ。貴族か平民かはまだ分かりかねますが、発音も綺麗でしたし、肌も白く美しかった。髪も毛先まで手入れされているように思えましたので、おそらくは貴族ではないかと……」

彼女の外見を思い出しながら告げる。

着ていたワンピースだけではどちらなのか分かりかねたが、冷静に思い出してみれば、貴族の可能性の方が高そうだ。

だが、護衛らしき者はひとりも見なかった。

貴族令嬢なら普通はあり得ない。それなら平民かとも思うが、言い切るには疑問が残る。

「貴族なら話は楽だが、平民なら平民でもいい。適当な家に養子縁組すれば済む話だ」

「そう、ですね」

父の言葉を肯定する。その通りだ。

大体、たとえ彼女が平民であったとしても、私はきっと諦められない。

だから平民だったらと考えるだけ無駄。

その場合は、結婚できるように体裁を整えてしまえばいいだけの話。簡単なことだ。

それが、王族ならではの傲慢さだとは分かっていたが、だからといって止めようとは思わなかった。だって私はどうしたって彼女が欲しいのだから。

取れる手段は、何だって取ってみせる。

なりふり構ってはいられないのだ。

私は父に頭を下げ、決意を告げるように言った。

「色々ありがとうございました、父上。必ずや彼女を連れて来ますので」

「ああ。できるだけ早く頼むぞ」

「はい。槍が降る前に」

父が小さく笑う。

それで話は終わり、私は父の部屋を辞した。

自分の部屋へと戻り、机へと向かう。

まず、何よりもしなければならないのは、手紙を書くことだ。

相手は、私の婚約者となるはずだった女性。

リコリス・スノウ公爵令嬢。

「……駄目だ」

何度か手紙に事情を書いてはみるも、違う、と屑籠《くずかご》に捨てる。

手紙で全部説明するなんて、まるで誠意がないと思ったのだ。

こちらの事情で婚約を取りやめにしてもらうのだ。直接、彼女と会って話さなければ、礼を失すると思った。

「……やはり自分の口で説明しよう」

結局、私は事情を明かすことはせず、大事な話があるので急ぎこちらに来て欲しいとだけ記した。

そうして次の日の早朝、彼女の屋敷に遣いを出した。

「殿下、急なお話があるとのことでしたが——」

早い時間に呼び出したにもかかわらず、リコリス嬢は文句のひとつも言わず登城してくれた。

そんな彼女を王城に複数ある応接室の一室に案内する。

女官にお茶を用意させ、彼女たちを下がらせてから、ソファに座った彼女に頭を下げた。

「すまない。今日の婚約発表は取りやめにさせてもらいたい」

「えっ……」

顔を上げると、リコリス嬢が表情を崩し、目を大きく見開いていた。

予想もしなかったという顔に、リコリス様がまだ彼女の父親から何も聞いていなかったのだと悟った。

昨日、父は自分で説明しろと言っていた。つまりはそういうことなのだろうと理解し、口を開く。

できるだけ真摯に、正直に告げる。

嘘は吐かない。そう自分に言い聞かせた。

「……非常に申し訳ない話だが、好きな人ができてしまったんだ。このまま君との婚約を発表することはできない。本当に申し訳ないが今回の話はなかったことにしてもらいたいと思っている」

「……好きな、人……ですか」

目を瞬かせ、彼女が問いかけてくる。それに頷いた。

「ああ。婚約発表当日の朝というタイミングとなったのも申し訳ないと思っている。その……昨日までは私も君と結婚するつもりだったのだけど……」

「……昨日までは。つまり、昨日好きな人ができたということですか?」

「その通りだ。私は君ではなく、彼女と結婚したいと思っている」

はっきりと告げる。リコリス嬢は気にした様子もなく、むしろ身を乗り出して聞いてきた。

「どんな方なんです?」

「……どんな、と言われても困るのだけれど」

そもそも私は彼女のことを何も知らない。

何せ、一瞬の邂逅《かいこう》だったからだ。

「その……ごめん。まだ詳しいことは何も言えないんだ」

話せるものなら話したいけれど、説明できることなど何もないので、そう告げる。

リコリス嬢は「まあ」と目を瞬かせ、ふわりと笑った。

「今、殿下、とても素敵な顔をしていらっしゃいましたわ。その方のことが本当にお好きなのですね」

「あ、ああ。そう、だね」

ニコニコと指摘され、恥ずかしくなってきた。一体どんな顔をしていたというのか。

人に見せられないような有様でなければいいけれど。

チラリと彼女の表情を盗み見る。

笑みを浮かべているが、果たして彼女は私の申し出を了承してくれるだろうか。

自分勝手なことを言っているのは分かっているからどんな誹《そし》りでも受けるつもりでいるが、やはり反応は気に掛かる。

いや、全て私が悪いのだ。

彼女の気持ちを聞き、納得してもらえるまで誠実に向き合おう。

改めて気を引き締める。

リコリス嬢は「まあ、まあ」と何度も頷き、そうしてパチンと可愛らしく両手を合わせ、首を傾げて聞いてきた。

「殿下にお好きな女性ができた。つまり私はお役御免ということですわね？」

「え、あ、ああ」

「婚約発表前に、取りやめ。私と殿下に婚約の事実はなかった。そういう認識で宜しいですか？」

「そ、そうだね」

戸惑いつつも頷く。

あくまでも内々の話だったのだ。彼女との関係は婚約者未満でしかない。

彼女は嬉しそうに破顔した。初めて見る満面の笑みに目を見開く。

私と同じで彼女もずっと淡々とした話しぶりや態度を崩さなかったから、ある意味本当のリコリス嬢を初めて見たと思った。

「リコリス嬢……」

「大丈夫です。申し訳ないなんて思わなくて構いませんわ、殿下。私、そのお話、喜んでお受け致します」

「え……」

満面の笑みを浮かべたまま、リコリス嬢が言う。まさかそこまで嬉しそうにされるとは思わなかったので、目をパチクリとさせた。

「いや……え？」

「好きな方ができたなんて、なんておめでたい話なのかしら。おめでとうございます。心からお慶《よろこ》び申し上げますわ。ええ、殿下の恋が実るよう、お祈りしております。是非、その方を射止めて下さいませ」

「あ、ああ……え、ええと、それで君への償い。つまりは慰謝料の話なんだけど」

「要りませんわ。婚約がなくなったこと。それが私には何より嬉しいことなのですから」

「……そ、そう。でも」

何もないというのはさすがにまずいだろうし、良くないだろう。そう思ったが、彼女はキリッとした顔で言った。

「何度も言わせないで下さいませ。本当に要らないのです。次、その話をしたら、怒りますわよ」

「……もう怒っているじゃないか」

「まさか。これ以上ないほど、上機嫌ですわ」

コロリと態度を変え、笑顔を見せる彼女を呆然《ぼうぜん》と見る。彼女は今にも躍り出しそうな勢いで言った。

「ああ、嬉しい。もう王太子妃の未来しかないと思っていたのに、ここにきてこんなどんでん返しがあるなんて……神よ、感謝致します」

両手を組み、本気で感謝している様子の彼女を見て、どうやら相当無理をさせていたらしいことが分かった。

私と同じように彼女もまた義務として婚約を受け入れていたことは知っていたが、想像していた以上に苦行を強いていたらしい。

「……その、申し訳なかった。迷惑を掛けたね」

婚約を言い出したのは私ではないが、ついそう言ってしまう。リコリス嬢は柔らかく微笑《ほほえ》むと「いいえ」と答えた。

「殿下のせいではありませんもの。父や陛下が決めたことに私たちが逆らえるはずもありませんし、殿下のことを恨んでもおりません。それに殿下は私を解放して下さいましたわ。本当にとても感謝しているのです」

「そ、そうか……」

裏切るような真似をして申し訳ないと謝るはずが、逆に感謝を告げられ戸惑う。

晴れ晴れとした笑みを浮かべる様子を見れば、彼女がどれほど私との婚約を嫌がっていたのか分かってしまった。

結局、愛のない結婚など上手くいくはずがなかったのだ。リコリス嬢を見ていると、心からそう思う。

だって、今の彼女は本当に美しいから。

私から解放されたリコリス嬢はお世辞抜きに美しく、綺麗だった。

きっと私という存在が、彼女の美しさを損ねていたのだろう。彼女は本来、これほどまでに美しい人だったのだ。だからといって、リコリス嬢に恋をしようとは思わないけど。

私にとっての運命の人は、あの書店で会った彼女だけなのだから。

リコリス嬢は座っていたソファから立ち上がると、にこやかに言った。

「お話はこれだけでしょうか。それなら私はお暇《いとま》させていただきますわね。殿下、どうかお幸せに。最後に言わせていただきますが、ぜっっっったいに、その方と結婚なさって下さいね。私に応援できることがあれば、いくらでも協力しますので」

「あ、ああ」

『絶対に』のところに無駄に力が籠められていた。

私が失敗して、また自分に婚約者の任が来ることになったらと心配しているのだろう。

せっかく嫌な役目から逃れられたのにもう一度なんてごめんだという気持ちは分かるし、恋を知った私だって、あの人以外の女性と結婚したいとは思わない。

だから言った。

「必ず、彼女と結婚してみせるよ」

「期待していますわ」

力強い目で見つめられ、頷いた。

手を差し出すと、グッと握り返してくれる。

しいものであったことを理解した。


「殿下、ご武運を」

「ありがとう。――君も」

「ええ、ありがとうございます」

にこりと笑う彼女の表情に憂いはない。

晴れ晴れとした顔で帰っていく彼女を見送った私は、私だけでなく彼女にとってもこの決断が正しいものであったことを理解した。

◇◇◇

「……」

この二日、怒濤《どとう》の如く起こった出来事を思い出す。

一昨日《おととい》は、人生初の一目惚れをし、昨日は婚約予定だった女性と話し合いをして婚約発表を中止した。その後は、後始末に追われて忙しく、一目惚れした彼女を探しに行けなかったのだ。

今日こそは町に出て、彼女を探しに出掛けたい。そう考えていた。

「よし」

あらかた仕事も片付けたし、数時間抜けるくらいは許されるだろう。そう思い、執務机から立ち上がる。ポールハンガーに掛けていた上着を取ったところで部屋の扉がノックされた。

「……はい」

間が悪いと内心舌打ちしつつ、返事をする。入ってきたのは、アドニスだった。

アドニス・エルフィン公爵令息。

私よりひとつ年下の彼は、幼い頃からの友人であると同時に、五年ほど前から側近として私の側に仕えている。

「アドニス」

「殿下。もしかしてお出掛けですか？」

「……ああ」

私が上着を持っていることに気づいたのだろう。目聡《めざと》いと思いながらも頷いた。

「どちらへ？」

「……町へ出掛けようと思って」

「護衛も連れず、ひとりで、ですか？」

「……ボロニアが目と髪の色を変えられる魔法薬をくれたから、大丈夫だ」

「……」

じっと見つめられ、なんとなく目を逸《そ》らす。

アドニスが口を開いた。

「目的は？」

「……人を探しに行こうと思って」

「……人？」

眉を寄せるアドニス。だがすぐに察したような顔をした。

「……探し人とは、殿下が好きになった女性、ですか？」

「そうだ」

側近であるアドニスには昨日のうちに、ことのあらましを説明してある。

予定していた婚約を取りやめにすることも、その理由が私に好きな女性ができたことであるというのも話していた。その女性に逃げられ、どこの誰かも分からない現状だということも。

だから私が人探しと言った瞬間、ピンときたのだろう。

アドニスが何とも言えない顔になる。

「殿下。婚約を取りやめにしたのは昨日の話ですよ。昨日の今日で、もう別の女性をというのはさすがにいかがなものでしょうか」

「そうかもしれないが、私としてはできるだけ早く彼女を見つけ出したい。まだ彼女の名前さえ分からないんだ。状況を少しでも進展させるためにも見逃してくれないか」

「……」

胸の内を正直に告げる。

アドニスがはあっとため息を吐いた。

「お気持ちは分からなくもありませんが、もう少しリコリスに気を遣ってはもらえませんか。正式な婚約前とはいえ、リコリスは殿下との婚約話がなくなったばかりなのですから。その殿下が早速他の女性を探しになどあまりに彼女が可哀想《かわいそう》で……」

「そうか？　リコリス嬢には絶対に彼女を見つけてこいと力強く応援してもらったのだが……」

「彼女は優しい女性です。自分を押し殺して殿下を応援したのやもしれません」

「……そういう風には見えなかったが」

リコリス嬢の様子を思い出す。

自分を押し殺すどころか、満面の笑みを浮かべて喜んでいた記憶しかなかった。

絶対に想い人と結婚して欲しいと言われたし、あれがリップサービスだとはとてもではないが思えない。

「……あ」

そこまで考え、気がついた。

アドニスがやけにリコリス嬢の肩を持っているということに。

これはもしかしなくても――。

「アドニス。お前、リコリス嬢のことが好きなのか」

「……」

確かめるように聞くと、彼は私から視線を逸らした。頷きも否定もしないが、その態度から彼の気持ちを察してしまう。

「そう……か」

それは悪いことをしてしまった。

アドニスがリコリス嬢を好きだなんて知らなかったのだ。もし知っていたら、父にリコリス嬢を勧められた段階で、断っていると思う。もちろん、断ることが可能であれば、だが。

「すまない。配慮が欠けていた」

それでも傷つけていたのは事実だ。申し訳ない気持ちで謝ると、アドニスは否定するように首を横に振った。

「いえ、陛下の決めたお話だということは知っていますし、殿下を恨む気持ちはありません。それに、今は彼女はフリーなので……」

「……そうか。私が言うのもどうかと思うが、お前がリコリス嬢を射止めることができるよう応援している。なんなら宰相に直接婚約を打診してみればどうだ？　お前なら十分検討してもらえると思うが」

彼の言う通り、リコリス嬢はフリーだ。

新たな婚約者が決まるまで、まだ時間もあるだろうし、今のうちから動けば、アドニスがその座を得ることも十分可能だと思う。

リコリス嬢は宰相の娘で公爵令嬢だが、アドニスだって家格で言えば同じ公爵家の出。しかも爵位を継ぐことのできる長男なのだ。更には私の側近としても知られているから、かなりの優良物件のはず。

彼が手を挙げれば、宰相も喜んで話を進めると思うのだけれど。

そういう気持ちで告げると、アドニスは下を向き、もじもじとし始めた。

「アドニス？」

「あっと、その……宰相に話をするのも悪くないとは思っているのですが……でも、まずは彼女に承諾を得てからと前々から考えていて」

「ああ、そういえば知り合いなのだったか？」

先ほども呼び捨てで呼んでいたし、彼女の性格をよく知っているような口振りだった。

確認すると、アドニスは肯定した。

「はい。妹の友人で……家格も合うので、昔から付き合いがあります」

「なんだ。それなら話は簡単じゃないか」

「……そう上手くはいきませんよ。今までにも何度も試みているんですけど、何故か邪魔が入ったり、不測の事態が起こったりで、失敗するんです」

「ああ……」

悄然《しょうぜん》とした様子で語るアドニスには申し訳ないが、非常に納得してしまった。

昔から何故か彼は妙に間が悪かったり運がなかったりで、ここぞという時に外すのだ。それも絶対と言っていいほど。

何かに呪われているのではと思うくらいの確率だったことを思い出せば、告白が上手くいかないというのも納得しかなかった。

「……その……諦めなければ、そのうちチャンスも来ると思うから」

慰めにもならないと分かっていたが、それでもそう言う。アドニスは頷き、私を見た。

「もちろん諦めるつもりなんてありません。だって、もうどうしようもないと思っていた殿下との婚約話がなくなったんです。今がチャンスだって僕も分かっています。何度だって挑戦するつもりです」

「そ、そうだ。その意気だ」

どうやらやる気はあるらしいと知り、ホッとした。だが――。

「……でも、すでに昨日失敗しているので、次はもう少し時間を空けます。その……一度失敗すると、気力を蓄えるのに時間が……」

「……そ、そうか」

へたれた言葉にがっくりした。

アドニスの悪いところが見事に出ている。

彼は一度失敗すると、次に立ち上がるまで時間が掛かるのだ。告白だって、タイミングが悪かろうと気にせず決行してしまえばいいだけの話なのに、彼にはそれができない。

昨日失敗したということは、ひと月はウダウダとしているだろう。その間にリコリス嬢が新たな相手と婚約してしまわなければいいけれど。

「……その、だな。気力を蓄えるのも大切だが、間を置かず行動を起こすのも大事だと思う。告白は無理でも、贈り物をして、それとなく気があることを伝えるというのもありではないだろうか」

知らなかったとはいえ、アドニスの想い人と婚約直前までいってしまった負い目もあり、なんとか彼にもできそうなことを提案する。

贈り物という言葉に、彼はピクリと反応した。

「そう、ですね。確かにそれくらいなら……」

「何度か贈り物を繰り返して、お前の気力が溜《た》まったら告白。告白の成功率も上がると思う。どうだろうか」

「……いいかもしれません」

どうやら検討の余地はあると思ってもらえたようでホッとした。

安堵の息を吐くと、アドニスが『それなら』と窺うように私を見た。

「……一緒にプレゼントを選んでもらっても構わないでしょうか。僕だけでは何を贈ったら喜んでもらえるのか分からなくて。その代わり、殿下が探している女性を僕も一緒に探します。その……おひとりで町にというのはさすがに見逃せませんが、僕と一緒なら……」

「……ありがとう。助かるよ」

アドニスの言葉に微笑んだ。

一緒にプレゼントを選んで欲しいというのも本音なのだろうが、それを理由にして、私の望みを叶えてくれようとしているのだと気づいてしまったからだ。

アドニスは心根の優しい男なのだ。外に出て彼女を探したいという私のために、自分を理由にしてくれたのだろう。

とはいえ、昔から付き合いのある、長く好意を寄せている相手への贈り物を自分で選べないというのは問題だと思うが。

「で、では、早速出掛けましょうか」

アドニスの言葉に頷く。

上着を羽織って、ボロニアから貰《もら》った薬を飲めば、あっという間に髪と目の色が変わった。効果が高く、魔女にしか作れないことから、彼女たちの薬はとても貴重だ。国民の殆どは目にしたことすらないだろう。だがアドニスは特に驚きもせず、私の変化を受け入れていた。

髪と目の色が変わった私に「黒ですか。似合いますね」と言うだけで、平然としていたのだ。

まあ、高位貴族なら魔女の薬を手にしたこともあるのだろう。そこまで珍しく思わないのかもしれない。

それ以上は気にしないことにして、ふたり連れ立って、城を出た。

外へ出ると、早速アドニスが聞いてくる。

「それで？　殿下の尋ね人は、どのような容姿だったのですか？」

どんな人物か分からなければ探しようもない。アドニスの質問に、私は彼女の容姿を思い出しながら告げた。

「髪と目は茶色。可愛いというより綺麗系の女性だった。背は女性にしては高い。平民か貴族かは着ていた服からは判別できなかった。ただ、立ち居振る舞いや発音が綺麗だったから、貴族である可能性は高いと思う」

「護衛は連れていなかったのですか？　町で出会ったのでしょう？」

「そういう風には見えなかった」

「では、平民の線が濃いですね。他に特徴は？」

「……いや、他にと言われても、これ以上はないのだが」

「え？」

どこか愕然《がくぜん》としたようにこちらを見るアドニス。気まずくなった私は彼の視線を避けた。

でも、仕方ないではないか。

彼女とは本当に偶然の出会いで、しかもほんの数分ほどしか話していないのだ。これ以上の情報は持っていない。

アドニスが渋面を作り、唸《うな》る。

「茶色の目と髪なんていくらでもいるし、綺麗系の背が高い女性だってそれこそ……いえ、諦めるのはまだ早い。殿下、僕も協力するので、頑張って探しましょう」

「ああ、もちろんそのつもりだ」

特徴こそあまり言えなかったが、ひと目見れば、彼女だと分かる。その自信はあった。

とにもかくにも、まずは彼女を見つけなければ。そのためにも、できるだけ町を彷徨く必要があるのだ。

「では、その出会ったという書店へ行ってみますか。ええと、レイニー書店でしたか」

「そうだな」

アドニスの提案に同意する。

一昨日、彼女は何も買わずに私から逃走した。つまり、購入予定だったものを別日に買いに来る可能性があるということだ。

他の書店に行かれてしまったり、たとえばだけどすでに買ってしまったあとだったりすれば、どうしようもないのだけれど、他に情報のない私はここに賭けるしかなかった。

まずはサニーロードへ行き、アドニスのプレゼント選びにも付き合いながら、レイニー書店を目指す。

レイニー書店は今日も盛況で、多くの人で溢《あふ》れていた。この中に彼女がいれば……そう思いながら中に入る。

「いましたか？」

「……いや」

三階建ての書店。その隅から隅まで探したが、彼女らしき人物は見当たらなかった。どうやら今日は来ていないらしい。

「……」

いない確率の方が高いことは分かっていた。それなのに思いの外に落ち込んでいる自分に気づき、驚いた。

どうやら『もしかして』をずいぶんと期待していたようだ。情けない。

だが、落ち込んでいても彼女が見つかるわけではない。

書店にいないのならその周辺。

道行く人々に聞き込みをしてでも、彼女の足取りを摑《つか》んでみせる。

「アドニス、私は諦めないぞ。彼女を見つけるまで諦めるものか」

決意を籠めて告げる。そんな私を見て、アドニスは目を丸くした。

「……殿下。本気なのですね」

「当たり前だろう」

冗談だと思われていたのなら心外だ。

生半可な気持ちで予定していた婚約を取りやめにしたりはしないし、特定の女性と結婚したいなんてわがままだって言ったりはしない。

一生に一度だと思うから、なりふり構わず動いているのだ。

「……私は、彼女以外は嫌なんだ」

己の本気が伝わるように告げる。

アドニスは「分かりました。僕ももっと協力します」と表情を引き締め、私の捜索に付き合ってくれた。

第三章　四日目

「行ってきます」

両親に外出する旨を告げ、外に出る。

今日は、週に二度ほど設けられている、魔女見習いの私が登城する日なのだ。

名称こそ魔女見習いとなっているが、別に本当に見習いというわけではない。

国が庇護《ひご》対象である未成年の魔女を呼び分けるための呼称というだけ。私が魔女という事実は変わらない。

この国で成人とされる二十歳になれば、その『見習い』という言葉も取れ、正式に魔女として登録される。それまでの短期的な措置。

あと、成人すれば城に居住地を移すのが普通。

とはいえ、それは絶対ではなく、たとえばだけど結婚したりすれば、結婚相手の屋敷から城に通うことも可能だ。

まあ、基本皆に嫌われている魔女が結婚なんてあり得ないと思うけど。

私も将来は、今、国に唯一の魔女として登録されている師匠ボロニアと同じように、城の一室を貰い、魔女として暮らしていく道を歩むだろう。

結婚は、魔女には難しすぎる選択肢だから。

とことこと歩き、城の門、その裏口へと向かう。

途中、誰もいない場所で肩に掛けていた大きな縦型の鞄から黒いフード付きマントを取り出し、羽織った。フードには魔女の魔法が掛かっているので、誰も私の正確な顔を判別できない。

魔女見習いとしての特権だ。

「……すみません」

衛兵に声を掛ける。裏口には十人ほどの衛兵がいたが、私に気づくと、何も言わずに通してくれた。

週に二度ほど、魔女見習いが登城してくるから、無条件で通せ。

これが国王から衛兵である彼らに直接与えられた命令で、彼らはそれを忠実に守っているのだ。

いつも通り城内に入り、師匠が住処《すみか》としている場所を目指す。

師匠は、城内の一角に部屋を賜っていて、そこで寝起きをしているのだ。

「こんにちは」

「ああ、よく来たね」

師匠の部屋に着き、ノックをしてから扉を開ける。相変わらず、明るく広い部屋だ。

国が魔女を保護しているというのは言葉だけではない。一般人の気持ちはどうあれ、国としては魔女を丁重に扱っているのだ。何故なら魔女は国に恩恵をもたらす存在だから。

魔女の作る薬は、唯一無二で他にはないし、魔女という存在が他国への抑止力となる。

だから王家やそれに近い人たちは、魔女を正しく理解していて、私たちを敬ってくれる。

部屋だって、王族と変わらない広さと質で、家具も最高級品が取り揃えられている。

薬を作る材料も、これが欲しいと言えば、すぐに用意してもらえるのだ。

師匠の部屋は三間あり、一番奥が寝室、真ん中が居室、そして扉を開けてすぐの部屋が魔女として活動するための場所となっている。

この部屋には私にはまだ分からない薬品や道具がたくさん置いてあり、如何《いか》にもというような大きな釜が中央にどんと鎮座していた。

今日の師匠は、その近くで薬草を煎じている。匂いからして、多分、色替えの薬を作っているのだろう。

色替えの薬は、目や髪の色を変えるもの。魔女である私たちは自分で魔法を掛けるが、一般人でも同等の効果を得られるように薬として作っている。

できあがった薬は、王家に納品することが決められていて、殆ど市場には出回らない。

外交での取引材料として使われることが多いからだ。

他国に魔女は存在しない。昔から魔女は、何故かマグノリア王国にしか生まれないのだ。そのため、他国は魔女を警戒しつつも、普通の人間には決して作れない魔女の薬を喉から手が出るほど欲しているのである。

「今日も、薬作りですか?」

ゴリゴリと薬草をすり潰している師匠に話し掛ける。師匠は頷き、手を止めて私を見た。

六十歳をとうに過ぎている師匠だが、外見年齢は三十歳そこそこにしか見えない。とても綺麗な人なのだ。

黒いローブを着ているのが魔女らしいと言えば魔女らしいが、ドレスを着用し、きちんと化粧をすれば、あっという間に社交界で引っ張りだこになるだろう。

まあ、師匠も私と同じで結婚や恋愛に興味がないから、そんな場所に出て行く機会なんてないだろうけど。

エインリヒの凶行の被害者である師匠は、ある意味私以上に人間不信だ。

自分が認めた人物以外とは碌に口も利かなければ、薬を頼まれたところで頑として頷かない。その師匠がぼやくように言った。

「来週までに一ダースほど欲しいそうだよ。ま、王家には世話になっているからね。仕方ない」

「一ダース？　うわ、結構な量じゃないですか。手伝います」

「ああ、あんたはそっちで作業しておくれ」

「はい」

指示された場所に行き、材料となる薬草を手に取る。

王家からの依頼なら仕方ない。

基本的に王家の人間は、皆、魔女に対して敬意を持って接してくれる。だから師匠も私も、王家の人間が嫌いではなかった。将来城に住むことになるのも嫌ではない。それもこれも王族がきちんと魔女を理解し、敬ってくれると分かっているから。

安全な場所を提供してもらっているのだ。協力的になるのも当然だった。

「……」

薬草をすり潰す。

特有の青臭さが室内に広がった。あまり好きな匂いではないが、我慢だ。それでも顔を歪《ゆが》めていると師匠が気づき、笑った。

「なんだい。あんたはいつまで経っても、この匂いに慣れないね」

「……これに慣れるとかないと思います。臭いんですよ」

ブチブチと文句を言いながらも手は止めない。しばらく薬草をすり潰すゴリゴリという音だけが部屋に響いていた。

「――そういえばね。面白い話を聞いたよ」

「面白い、ですか？」

師匠が作業を続けながら口を開く。私も薬草に集中したまま返事をした。

「そう。うちの王子。フェンネル王子が恋をしたらしいんだ」

「ああ、その話ですか。知ってますよ」

さらりと答えると、師匠は面白くなさそうな顔をした。

「なんだい。驚かせてやろうと思ったのに。どこから知ったんだい？」

「王子の婚約予定だった女性とは友人なので」

「なるほどね」

「師匠はどちらから？」

「私は本人から聞いたのさ」

あっさりと告げる師匠。

師匠は何十年も城に住んでいるせいか、王族ともかなり親しい付き合いをしている。特に今話に出たフェンネル王子のことは自分の孫のようにも思っているくらいに可愛がっていた。

王子の方も、小さい時からずいぶんと師匠に懐いていたらしい。師匠は人嫌いだが、一度懐に入れれば甘いし、可愛がる傾向がある。王子もその枠に入っているのだろう。

私自身は、彼との面識はない。

登城した時は、基本師匠の部屋にしかいないし、一回の滞在時間も長いものではない。会う機会がないのも不思議ではないだろう。

だが、気難しい師匠が気に入っているくらいなのだ。きっと良い人なのだろうとは思っている。

彼と婚約話がなくなったリコリスも、王子は良い人だと言っていたし。

私が信用できるふたりが王子を信頼している様子なのだ。会ったことはないが、私も王子に対する印象は良かった。

「私も好きな女性ができたとしか聞いていないんだけどね。めでたいじゃないか。あの子は特に、昔から執着するようなものもなかったし、どこか諦めたような顔をしていたからね。このまま人生に楽しいこともなく、淡々と生きていくんじゃないかと心配していたから、好きな子ができたって聞いてホッとしたよ」

「へえ、それはめでたいですね」

嬉しそうに告げる師匠を見ていると、私も良かったという気持ちになってくる。

師匠の表情は柔らかく、王子のことを大事に思っているのが伝わってきた。

「あの子はね、昔から本当に好きなものも嫌いなものもなくて。ただ、周囲に言われるままに生きてきた子なんだよ。それがどうしようもなく不憫でね。ああ、本当に良かった」

何度も良かったと繰り返す師匠に、相槌を打つ。

王子といえば、どちらかというと恵まれた人生を送っているというイメージだったが、師匠の話を聞いているとそうでもないようだ。

むしろ自由がなく、窮屈そうで、王族も大変なんだなと思ってしまった。

師匠から王子の子供の頃の話なんかを聞いているうちに、時間が過ぎていく。

「――よし、今日の作業はこのくらいにしとくか。ヴィオラ、すまないけど、薬を運ぶのを手伝ってくれないかい？」

「はい、いいですよ」

ノルマの半分ほどを作り終えたところで、師匠が作業終了を告げた。

できた薬は先に納品してしまうようだ。薬は瓶に入っており、それなりに重量がある。

木箱に薬瓶を入れて持ち上げる。

ふたりで王城の廊下を歩くと、女官や武官、文官たちがこちらを認め、道を譲った。

あまり守られてはいないが、本来魔女の地位は、王族にも匹敵するものなのだ。

城に仕えている人たちはその辺りの教育はきちんと受けているようで、私たちへの対応が基本、丁寧だった。もちろん中には例外もいるけれど、大多数はちゃんとした人たちなのだ。

私が将来魔女として城で生きることを良しとしている理由のひとつが、この城での皆の態度だったりする。

冷たい目で見られるのは嫌なのだ。

あの、こちらを拒絶する目で見られると、幼い頃のトラウマが蘇《よみがえ》る。

「やあ、ボロニアじゃないか」

「おや、あんたかい。フェンネル」

もうすぐ納品場所に着くかというところで、声を掛けられた。

柔らかい声。師匠が親しい人と話す時の声音だ。

フェンネルと言ったということは、王子だろうか。

先ほどまで彼の話を聞いていたこともあり、少し気まずい。

「……」

私は深くフードを被ったまま、黙って頭を下げた。

王子がそんな私に気がつく。

「おや、その子は？　もしかして、見習いの子？」

「そうなんだよ。私の弟子さ」

王子の言葉に師匠が答える。

普通なら王子の前にいて、フードを被って顔も見せない答えないでは、不敬と咎《とが》められる。だが、私は魔女なのだ。

魔女見習いが成人まで顔を隠すことは権利のひとつとして認められているので、フードを取る必要はない。王子もそれを知っているからか、特に咎めることもなかった。

「そう。噂の君の弟子か。実は初めて会ったんだよ。……頑張ってね」

「……」

もう一度会釈しておく。

王子の声音には私を馬鹿にするような響きはなく、師匠と話す態度もずいぶんと柔らかい。

――聞いていた通り、感じの良い方ね。

師匠と話す姿を見る。とはいっても、フード越しなので、こちらもよくは見えていない。

しっかり顔を見ようとするなら、少しフードを上げなければならないのだけれど、そこまでする必要性は感じなかったので、大人しくしていることに決めた。

「――それで？　あんたは今からどこに行くんだい？」

師匠が王子に尋ねる。王子はウキウキとした様子で師匠に答えていた。

「ちょっと外にね」

「外？　自分からかい？　珍しいね。槍でも降ってくるんじゃないか？」

「父上と似たようなことを言わないでよ」

「陛下が？　まあ、それくらい驚いたってことなんだろうね」

しみじみと告げる師匠。王子は苦笑しているようだった。

「まあ、確かに驚かれた。でもさ、その……彼女に会えるかと思って」

「彼女……ああ、逢《あ》い引《び》きかい？」

師匠がにやりと笑うと、王子は照れたように言った。

「そうなるといいけど。あ、ごめん。悪いんだけどこの間貰った例の『アレ』、もう少し用意してもらっても構わないかな？　外に出るならどうしても必要で……。ボロニアには迷惑を掛けるけど」

「『アレ？』……ああ、いいとも。そういうことならいくらでも言いな。あんたのためなら喜んで用立ててやるさ」

「ありがとう、助かるよ」

弾んだ声で礼を言い、王子が離れていく。数歩歩いてから振り返り、私に向かって言った。

「またね」

反射的に頭を下げる。王子はそのまま外へ向かって歩いていった。

スキップでもしているかのように見える。ずいぶんとご機嫌のようだ。

「今の方が、フェンネル殿下、なんですね」

後ろ姿を見ていると、師匠が「おや」と首を傾げる。

「あんた、公爵家の令嬢なのに王子と会ったことがないのかい？」

「はい」

師匠の問いかけに頷いた。

私は魔女としてはもちろんのこと、公爵家の娘としても彼と会ったことがない。公爵家の娘なのにと思うかもしれないが、そもそも会おうと思わなければ会うようなこともないのだ。

王子が出るような夜会はあるが、私は行っていないし。

将来魔女として生きることが決まっているのだ。わざわざ夜会に出向こうなんて気にはなれなかった。

だから、王子のことは、精々式典の折に遠目に眺めるくらい。それで十分だし、王子に興味もないから今まで全く気にならなかった。

「なんだい。面白くないね。夜会にくらい出ればいいのに」

「出たところで、意味はありませんよ。万が一、どこぞの貴族に見初《みそ》められでもしたらどうするんですか。私は魔女ですよ。誰かと結婚なんてできません」

別に魔女が結婚を禁じられているわけではないが、周囲の反応を考えれば『ナシ』だ。師匠も私以上に魔女の置かれた立場を知っているから、苦い顔になった。

「……それはそうだね。お相手が受け入れてくれても、周囲がそれを許さないからね」

「はい。高位貴族の多くは魔女を正しく認識してくれていますが、それでも例外はいますし、貴族の屋敷には使用人たちが大勢います。使用人たちは魔女を否定的に見る者の方が多いでしょうから」

市井の民もそうだが、教育がそこまで行き届いていないのだ。

魔女を自分たちと違うものとして虐げることが多いのは、実は平民だったりする。

多分、魔女の恩恵を直接受けていないからだろう。存在することで国を守っているとか、有用な薬を作れるとか言われても、自分たちとは関係のない話なのだ。そうなると『自分たちとは違うもの』という点でしか見ることができなくなってしまう。

「そうだね。私の時もそうだったよ。エインリヒ侯爵がやらかしていることを、使用人たちは誰も止めなかった。それどころか喜んで彼に協力していたんだ」

「師匠……」

エインリヒの凶行のことを語る師匠を見つめる。

師匠はこうやってたまに、昔の話をしてくれるのだが、聞くたびに、魔女という存在がどれほど皆から嫌われているのかということを実感し、怖くなる。

絶対に私が魔女だと知られたくない。今、笑顔を向けてくれている人たちから冷たい目で見られるようになるのは嫌だと強く思ってしまう。

「さて、魔法薬を置きに行こうか」

「あ、はい」

話を変えるように師匠が言う。それに頷き、再び歩き始めた。だが、なかなか気持ちを切り替えられない。ぼんやりしていると、師匠が私を見てため息を吐いた。

「全く、いつまでぼんやりしているつもりだ。仕方ないね。魔法薬を納品したら、あんたはもう帰っていいよ」

「え」

「どうも今日のあんたは、集中できないみたいだからね。ただ、帰る前にいつもの見回りを頼んでも構わないか？」

「は、はい。分かりました」

見回りという言葉に顔を引き締め頷く。

魔女には、色々と役目があり、師匠の言う見回りもそのひとつだ。

世の中には陰と陽の気があり、魔女はその中でも特に陰の気と相性が良い。そのせいか、いわゆる『霊』と呼ばれるものを見ることができる。

霊は死者の魂でできていて、ひとつの魂でできた霊もいれば、複数の魂が集まってひとつの霊を作ることもあるのだ。

その霊たちの溜まりやすい場所が王都には何カ所かあって、時折、悪霊化することもある。

私たちはその見回りをし、もし悪霊化しているようなら、人々に害をなす前に祓《はら》ってしまう。

大事な魔女の仕事のひとつだが、これについて知っている人はごく少数で、多分両親やリコリスも知らないのではないだろうか。

そもそも彼らは霊を見ることができないのだ。

見えないものを監視し、祓っていると告げたところで信じてもらえるかは微妙なところだと思う。

そんなことを考えながら、無事魔法薬を納品し、師匠と別れる。

城を出た私は、フード付きマントを脱いで鞄にしまうと、いつも通り魔法を掛けて、目と髪の色を茶色に変えた。

「……見回り、か」

魔女の仕事のひとつである見回り。

それに行かなければならないのは分かっていたが、何故かなかなか気が乗らない。

普段なら何とも思わないのだけれど、どうにも今日は行く気がしないのだ。

だが、行かないという選択肢は存在しない。

――少しショッピングでもして気晴らしすれば、行く気になるかしら。

元々今日は、帰りに買い物をしようと考えていたのだ。

本当は用事を終えてから行った方が荷物にならなくていいのだが、気分が乗らないのだから仕方ない。

私は行き先を変え、紅茶の茶葉を専門に取り扱っている店へ向かうことを決めた。

明日、リコリスが屋敷に遊びに来る予定があるので、新しい茶葉が欲しいのだ。

私もだけど彼女も紅茶が大好きなので、新しい茶葉でお茶を振る舞えばきっと喜んでもらえるだろうと思っていた。

「あ、君！」

「はい」

紅茶専門店に向かって歩いていると、帽子店から外に出てきた店の主に声を掛けられた。

話したことはなかったが、顔は知っていたので返事をする。彼は私を見ると、秘密の話を打ち明けるように言った。

「実はね、昨日、二人組の男が、茶色の髪と目をした年頃の娘を探していたみたいなんだよ。彼らずいぶんと目立っていたから気になって。君も彼らが探していた人物と同じ目と髪の色だから、気をつけた方がいい。彼ら、かなり見目は良かったし、身なりもきちんとしていたけど、何が目的かも分からないからね」

「ご忠告、ありがとうございます」

心から礼を言った。

ただでさえ私は魔女という厄介な秘密を抱えているのだ。その上、変な者に絡まれるとか御免被りたい。

私は店と店の間にある細い通路に入り、誰もいないことを確認してから、魔法を行使した。

途端、茶色にしている髪の毛が紺色に染まる。

探し人が茶色の髪と目の色の娘を探しているのなら、髪色を更に変えてしまえばいいと思ったのだ。

「これでよしっと」

目の色まで変えなかったのは、万が一顔見知りに見つかった時、魔女とバレてしまうかもしれないからだ。

髪色程度なら『染めた』で済むが、目の色だとそうはいかない。

「さて、茶葉を見に行こうっと」

更なる変装を終え、少し気持ちが軽くなった私は再び町中へと戻った。

サニーロードから少し逸れた細い道。その奥に目当ての紅茶専門店『ウェイントン・ローズ』は存在する。

王都にはたくさんの紅茶専門店があるが、私はこのウェイントン・ローズがお気に入りなのだ。

価格は張るが、その分品質が高く、変な苦みや渋みが出ないのが気に入っていた。あと、茶葉の種類が多いのも魅力的だ。

「いらっしゃいませ」

店の扉を開けると、カランと軽い音が鳴った。中にはカウンターがあり、その奥には店主がいる。

客は私以外いないようだ。

価格帯が高めなこともあり、あまり客が入っているところを見たことがない。

贔屓にしているだけに、潰れなければいいのにと願っていた。

店主の後ろの壁には大きな紅茶の缶がずらりと並んでおり、いつもここに来ると、テンションが上がる。

店主は私を見て、一瞬眉を寄せた。

彼は茶色の髪の私を知っているので、今の髪色に違和感を覚えたのだろう。だが、すぐに私だと気づいたようで笑顔になる。

「ああ、お嬢さんでしたか。いつもと違うので一瞬誰かと思いましたよ」

「気分転換に毛染めをしたの。茶葉を買いに来たのだけれど」

さらりと話を流す。店主も心得たように、本来の業務に戻った。

「ありがとうございます。本日はどのような茶葉をお求めですか?」

「ええと、何かお勧めはあるかしら。できればフルーツがたくさん使われているものがいいわ」

リコリスがフルーツティーを特に好むことを思い出しながら告げると、店主は後ろにある紅茶の缶を一缶手に取った。

「それならこちらはいかがでしょう。紅茶ベースで、パインといちご、あと桃が使われたお茶です」

「へえ」

「あとはこちらですね。同じく紅茶ベース。こちらはレモンとグレープフルーツが使われています。すっきりとした味わいでアイスティーにするのもお勧めですよ」

「匂いを嗅がせてもらっても?」

「ええ、どうぞ」

茶葉の匂いを嗅ぐ。

甘いフルーツの香りが漂ってきた。少しパインの香りが強いように思える。

「……もうひとつの方は?」

「こちらです」

レモンとグレープフルーツが使われているというお茶の香りも確かめてみる。すっきりとしたレモンの匂いは好みだった。

「へえ、良いわね。少しミントも使っているのかしら」

「ええ、そうなんです。よくお気づきになりましたね」

店主が驚いたように目を見張る。まさか嗅ぎ分けられるとは思わなかったのだろう。

魔女として色々な薬草に携わっているせいか、嗅覚は鋭い方なのだ。

「……そうね。こちらのレモンとグレープフルーツのお茶。これを缶に入れて百グラムいただけるかしら」

リコリスなら甘い方が好きかなと思ったが、レモンとグレープフルーツのお茶がどうにも気になったのだ。こちらもフルーツを使ったものだし、リコリスも嫌いではないだろう。

そう思った私は、今回は自分の好みを優先させてもらうことを決めた。

店主がニコニコと笑う。

「ありがとうございます。ご用意致しますね」

「ありがとう」

秤《はかり》を使い、店主が紅茶を缶に詰めていく。それをじっと見守った。茶葉が缶に注がれていくのを見るのも好きなのだ。

筆記体でウェイントン・ローズと書かれた缶はお洒落《しゃれ》で、色々な色や大きさが取り揃えてある。

私は百グラム用の缶を集めていて、そのため毎回百グラムずつ買うようにしていた。

缶には何のお茶が入っているのか分かるように、シールが貼られている。

「お待たせしました。ラッピングは致しますか？」

「自宅で使うから不要よ。ありがとう。楽しみだわ」

一緒に飲もうと思っているだけなので、ラッピングしてもらう必要はない。

紅茶缶を受け取り、支払いを済ませる。

店主に見送られながら、店の扉を開けたその時。

「あっ……」

「きゃ」

ちょうど店に入ってくるところだったらしい人とぶつかりそうになってしまった。

最近こういうことが多いなと思いながらも、謝罪の言葉を口にする。

「すみません」

「いえ……っ！　……あ、見つけたっ！」

「え？」

見つけたという不穏すぎる言葉に顔を上げた。思わず声が出る。

「あ……」

信じられないという顔で私を見ていたのは、数日前、突然本屋でプロポーズしてきた男だった。

黒髪黒目の、おまけに黒縁眼鏡を掛けたちょっと他では見ない美形。

彼の勢いと訳の分からなさが怖くて逃げたのだけれど、数日が経っていたせいもあり、すっかり彼のことを忘れていた。……というか、こんなところで遭遇するとか、ちょっと私、運が悪すぎやしないだろうか。

「……」

絶句していると、男が笑みを浮かべ、私に言った。

「良かった。ずっと探していたんだよ。ようやく見つけることができた……！」

「い、いえ、あの……人違いでは？」

咄嗟に、別人であると口にした。

何せ、今の私は彼と会った時と髪色が違う。それに会話したのはほんの少しの時間なのだ。顔を完璧に覚えられているとも思わないし、それなら別人で押していけばなんとかなるのではないだろうか。

そんな風に思った。

「残念ですが、私はあなたと会ったことがありません。誰かとお間違えですよ」

何も知りませんという態で告げる。

これでなんとかピンチを切り抜けられると思ったのだが、彼は眉を顰《ひそ》めて言った。

「何を言ってるの？」

「え？」

「私が君を見間違えるなんてそんなことあるわけないじゃないか。ああ、そういえば髪色が違うね。もしかして染めたの？　茶色も良かったけど紺も似合うよ」

ふふっと微笑まれ、口元が引き攣った。

どうやら彼は、私が探し人であると確信しているようだ。

知らないと言い張っても不思議そうに「君だよ。私が間違えるわけがない」と断言されてしまう。

――うわ、面倒臭い。

とはいえ、さすがにこれ以上言い逃れはできないだろう。仕方なくため息を吐き、彼を見た。

「よく……私だって気づいたわね」

「え、間違えようがなくない？」

当然のように言われてしまい、閉口する。髪色を変えてずいぶんと雰囲気が違うはずなのに、断言されると、せっかくの変装も台無しだ。

「……場所、移動しましょ。あ、それとも買いたいものでもあった？」

「あ、実は紅茶をね。友人の想い人が紅茶を好むらしいんだ。私は友人の恋を応援しているから、代わりに買ってきてあげようかなと思って」

「へえ？　好きな人へのプレゼントなら自分で買えばいいのに」

好きな人へのプレゼントを友人に頼むとか、どうなんだ。

そう思ったが、彼は苦笑した。

「仕方ないんだ。友人は仕事が忙しくてなかなか買いに来られないから。それに、私がここにいるのも友人が代わりに頑張ってくれているからだからね。せめて、買い物の代行くらいはしてあげたいんだよ」

「……ふうん」

よく分からないが、それぞれに事情があるらしい。それなら、私が口出しすることではない。

「というわけで、できれば茶葉を買い終わるまで待っていて欲しいんだけど」

「……分かったわ」

別に待つ必要もないし、なんなら彼と話すこともないのだけれど、知っている店で揉《も》めるのも嫌なので頷く。

この店はこれからも贔屓にしていくつもりなのだ。

彼とのゴタゴタを見せたせいで行きづらくなる方が困ると思った。

店の端の方に立ち、邪魔にならないようにする。

彼は店主と話し始め、茶葉を選び始めた。

「フルーツが使われたお茶が好き、らしいんだよ。お勧めはないかな」

どうやら友人の想い人とやらも、フルーツティーが好きらしい。

もしかしてフルーツティーが流行《はや》っているのだろうか。確かに甘みがあって飲みやすいから、好む女性は多そうだ。

店主はにこやかに男に接客していた。

「ございますよ。こちらなんていかがでしょう」

なんとなく店主が何を勧めるのか気になり、耳を澄ませてしまう。

「こちら、ベリーの紅茶となっております。あと、こちらは、パインといちご、桃が使われたもの。ああ、メロンが使われた紅茶もございますよ」

店主が出してきたものの中には、私が先ほどおすすめされた茶葉もあった。

というか、ベリーのお茶が気になる。

買ったお茶に不満はないし、すっきりした飲み口のものが欲しかったから構わないのだけれど、ベリーも好きなので、気になってしまう。

「気になるなら、君もおいでよ」

「えっ……」

ふと、彼が振り返り、私を見た。おいでと手招きをしている。

「どうにも気になるみたいだから。この、ベリーの紅茶かな」

「……べ、別に、そういうわけでは……」

「意地を張らなくてもいいのに。ほら、良い匂いだよ」

「う……」

再度おいでと手招きされ、諦めた。

だって気になるのだ。

自分の知らない美味しそうな紅茶と聞けば、無視なんてできるはずもない。

「……お邪魔します」

自分の買った紅茶缶を抱え、彼の側に行く。

彼は持っていた茶葉を私に見せてくれた。

「はい」

「……わ」

ベリーの甘い匂いが、すごく好みだ。これは是非、次回にでも購入したいところだと思った。

彼が店主と話を詰めていく。

「うーん、じゃあ、このパインといちごと桃の紅茶にしようかな。イメージなんだけど、こういうのが好きそうな気がするんだ」

「……その、友人が好きと言っている女性と知り合いなの？」

なんとなく気に掛かり、聞いてみる。彼は「うん」と肯定した。

「よく知っているというほどではないけど、それなりに付き合いはあったから」

「へえ」

「あ、嫉妬してくれた？」

「……なんでよ」

まだ出会って二回目で、何故嫉妬という言葉が出てくるのか。

さすがにあり得ない。

「ちょっと」

「冗談だよ。いや、冗談というか、そうであったらいいのになっていう、私の願望かもしれないな」

「願望って」

「私は君が好きだから。あ、これ代金です」

さらりと『好き』と告げながら、彼が店主に代金を渡す。

完全に言い返すタイミングを失った私は、口を噤《つぐ》み、店の端に戻った。

お金のやり取りをしているところは、知り合いだとしてもあまり見るものではないと思ったからだ。

「……」

「お待たせ」

しばらくぼうっとしていると、綺麗にラッピングされた缶を持った彼がやってきた。

その包みはふたつある。

「はい」

「え?」

彼がふたつある包みのうちひとつを私に渡してきた。

目を瞬かせる。

「な、何」

「だから、プレゼント。ずいぶんと気に入った様子に見えたから」

ニコニコと笑みを浮かべながら包みを差し出してくる男に慌てて言った。

「だ、駄目よ。貰えない」

「どうして?」

不思議がる男だが、当たり前ではないか。

どこの誰とも分からない人からプレゼントなど受け取れるわけがない。

だが彼は気にした様子もなく包みを再度押しつけてきた。

「貰ってよ。変なものが入っていないのは、君だって分かっているでしょう? 今、買ったばかり

なんだから」

「そ、それはそうだけど」

「それに私、甘いお茶は苦手でさ。君が貰ってくれないと、この茶葉も可哀想だと思うんだ。どうせなら美味しく飲んでもらえる人の手に渡りたいと思うし」

「……」

「ね、貰ってよ」

なおも押しつけられ、思わず受け取ってしまった。

慌てて返そうとしたが、先に彼が言う。

「ありがとう、貰ってくれて」

「……」

目を見張る。

何故、プレゼントを渡した方がありがとうを言うのか。

この場合、私が礼を言うのが当然なのに。

「……それ、こっちの台詞《せりふ》でしょ。その……ありがとう。いただくわ」

なんとなく気勢を削《そ》がれ、突き返そうとしていた包みを受け取る。

茶葉に罪はないし、美味しそうと思ったのも嘘ではないからだ。

それにまだここは店内で「要らない」と言うのは店主に対しても失礼になると思った。

——そう、そうよね。紅茶に罪はないもの。

自分に言い聞かせる。

貰った包みを見つめていると、彼が気づいたように言った。

「その君が持っている紅茶缶。それ、ミントが使われているものでしょう？　あと、レモンとグレープフルーツ……だったかな」

「えっ……」

一緒に持っていた、先ほど購入したばかりの紅茶缶に目を向けられた。

紅茶缶には、商品の名前が書かれたシールが貼ってあるので、分かったのだろう。

それでも商品名を見ただけで、どんな茶葉が入っているか分かるのはすごい。

「え、ええ。よく知っているわね。この紅茶、飲んだことあるの？」

「うん。後味がすっきりするから好きなんだ。私はよくアイスティーにして飲んでいるよ」

「……そう」

「好みが一緒なのかな。偶然だけど、嬉しいね」

「そう、ね」

特に否定するところではないので、頷いた。

鞄の中に紅茶缶をしまう。

「その、用事が終わったのなら出ましょ」

いつまでも店内で話しているのは店に迷惑が掛かるのでそう提案すると、男は笑顔で私についてきた。

ウェイントン・ローズを出て少し歩き、道の隅で立ち止まる。それなりに人通りもある。ここなら特に危険なこともないだろうと思っていると男が待ちかねたように口を開いた。

「ええと、今更かもしれないけど、言わせて。――会いたかったよ。ずっと君を探していたんだ」

「……え、私を？」

「うん。あの日、君には逃げられてしまったからね。私も必死に追ったんだけど、まさか撒かれるとは思わなかったな。君、足が速いんだね。驚いたよ」

「ま、まあ……」

魔法を使っただけで足が速いわけではないのだけれど、とりあえずは肯定しておく。

しかしこれからどうしよう。

店内で揉め事を起こしたくなかったから大人しくしていたが、外へ出たことだし、やはり逃げた方がいいだろうか。

男に気取られぬように周囲を確認する。

逃げるのなら、人がたくさんいるところに紛れてしまうのが一番確実なのだ。誰もいない場所を走ったところですぐに追いつかれてしまう。いざという時は魔法を使えばいいのだけれど、できれば人前でそれはしたくなかった。

魔女だと一発でバレるような真似は避けたいのだ。できるだけ穏便に済ませたい。

「……」

「あれ、もしかして、また逃げようって思ってる？」

「っ」

逃走経路を確認していると、男が目聡く聞いてきた。ギクリと肩を揺らす。

「逃げるって……」

「前と同じように、だよ。でもさ、少し待ってくれないかな。前回はさすがに私が悪かったと反省したから。急に見知らぬ男に求婚されても怖いだけだよね。それも考えず突っ走ったんだ。逃げられても仕方なかったと思ってる」

「……」

真摯な表情で告げる男をじっと見る。

どうやら彼は私がどうして逃げたのかを分かってくれているようだ。

初対面の時はあり得ないとドン引きしたが、今見る限りではかなり常識的な人のように思える。

先ほどのウェイントン・ローズ店内でも普通だったし、変な行動を起こしたりもしなかった。

変な人なら逃げる一択だが、常識が通用する人なら話を聞いてみてもいいだろう。

それに先ほど茶葉を貰ってしまったし。

貰うだけ貰ってとんずらというのも違う気がした。いや、別に私がお強請《ねだ》りしたわけではないけれど、なんとなくそれをしてしまっては、私の方が常識のない人間であるように思えたのだ。

「……分かったわ。とりあえず、話を聞く」

話を聞く態勢を見せると、彼は頭を下げてきた。

「ありがとう。それと、怖がらせてごめん。その、君に一目惚れしたのは本当だし、求婚も冗談じゃなく本気なんだけど、本当に怖がらせるつもりはなかったんだ」

「……謝罪は受け取るから、顔を上げて」

誠実な謝罪をされた以上、頑《かたく》なな態度を取ろうとは思わない。それは相手に対してあまりにも失礼だ。

男はパァッと顔を輝かせた。

「本当⁉　ありがとう！」

「うっ……」

無自覚に一歩足が後ろに下がる。

顔がいいので、笑顔が恐ろしいほど武器になる。

しかし——と改めて男の姿を見た。

仕立ての良い、膝裏まで丈のある上衣に、ズボン。中に着ているベストには細かい刺繍《ししゅう》が入っていて、形も良い。

タイの生地はおそらくシルク。履いている靴は今日もピカピカだった。

髪は艶々で天使の輪が見えている。枝毛など一本もなさそうだ。爪は綺麗に磨かれていて、どこまでも隙がない。肌には透明感があり、無精髭《ひげ》も見あたらなかった。唇は艶やかで、潤っている。

元々の顔立ちが良いのに、完璧なケアがされてあるせいで、更に見目麗しくなっていた。

前回も思ったが、相当、良い家の出であることは間違いないだろう。

公爵家の令嬢である私から見ても、不足を感じないどころか圧倒されてしまうとか異常だ。

立ち居振る舞いも優雅で見事。ケチの付けようがない。一定以上どころでない教育を受けているのは確実だった。

——これ、厄介だなあ。

もし本当に結婚なんて話になったら、絶対に問題が起こると思ったのだ。

良い家の子息であるのなら尚《なお》のこと。

何せ、私は魔女だから。

「……」

考える。

彼には申し訳ないが、さっさと嫌われてしまうというのが、一番良い方法のように思われた。

身元を知られて本当に求婚された方が多分、被害は大きい。

このまま何事もなく日々を生きていくためにも、彼とはここで縁を切る。それしかない。

——よし。

嫌われることを決め、彼に向き合う。

私のことを好きだという彼には悪いが、最終的には互いのためになる話なのだ。

今は傷つくかもしれないが、これも未来のためと思って、堪《こら》えて欲しい。

「……ええと、私のことが好き、なのよね？」

コホンと咳払《せきばら》いをして言う。彼は勢いよく頷いた。

「うん。もう君以外は考えられないと思うくらい好きだよ」

「……そ、そう。熱烈ね」

返ってきた言葉が予想外に重くてびっくりした。顔を引き攣らせながらも私は話を続けた。

「ええっと、その、ね。気持ちは嬉しいの。本当よ。でも、私はあなたのことを何も知らないし、それはあなたもそう。お互い何も知らない状態で、返事なんてできないと思うのよね」

「そうかな。恋に時間なんて関係ないと思うけど……」

本当に熱烈だ。一瞬、グラッとよろめきそうになってしまった。

「んんっ。少なくとも私は無理なのよ。それで、提案なんだけど、その……良かったら今から少しデートでもしない？　実際話すことで、多少は互いのことを知れると思うし」

「デートしてくれるの!?」

目を輝かせる男に、頷いてみせる。

「ええ。……あなただって、今振られたところで納得なんてできないでしょう？　これはお互いのためでもあるの」

多分だけれど、今ここで断ったところで、この男は聞き入れてくれないと思う。

何せ、ずっと私を探していたと言うくらいだし、この熱烈ぶりなのだ。ごめんなさいで終わるはずがない。

それなら私という人間を知ってもらって、思っていた人物とは違ったと幻滅させ、自分から離れていくよう仕向ける。それが一番穏便な方法だと思った。

「嬉しいな。デートか……。実はデートなんて生まれて初めてなんだよ」

「……そ、そう」

私もだけど、と言いそうになったが止めておいた。

これは嫌われるための行動だからだ。

男がウキウキしながら口を開く。

「ああ、そういえばまだ名乗りもしていなかったよね。ごめん。私の名前は――」

「うわあああああああ！」

あっさりと名乗ろうとした男の言葉を勢いよく遮る。

危なかった。

名前、特にファミリーネームなんて絶対に聞きたくないのだ。父と付き合いのある貴族とかだったら気まずいなんてものではない。

「そ、そういうのは!!　お互い付き合うことが決まってから教えることにしない!?」

「え、でも、自分の身分や名前を明らかにしないのは、相手に対して不誠実ではないかな」

「私は気にしないから!!」

ブンブンと首を横に振った。

なんてことだ。男がまともすぎて、違う意味で泣きそうだ。

最初の出会いこそドン引きだったが、それ以外については本当に普通……というか花丸だ。相手に対して誠実であろうとする態度には好感が持てるし、私が普通の女であれば、真面目に結婚を検討してもいいレベルだと思う。

だが、魔女な私は彼に嫌われなくてはならないのだ。しかもできるだけ早急に。なんなら今日中にでも全てを終わらせてしまいたい。

「と、とにかく！　少なくとも今日はお互い名乗るのはなし！　これを了承してくれないと、デートは取りやめにするから！」

そうはっきりと告げる。彼は不満そうな顔をしていたが、デートを止めにされるのは嫌なようで、結局は渋々ではあるが頷いた。

「……分かったよ。でも、それならあなたのことはどう呼べばいいの？」

「えっ……えっと……カモミール、とか？」

先ほどウェイントン・ローズにいたので、咄嗟に出てきたのが茶葉の名前だったのだ。

カモミールは屋敷でもよく飲んでいるため、すぐに名前が出てきたのだと思う。

「カモミール？　君、カモミールティーが好きなの？」

「……ええ。まあ」

「ふうん。フルーツティーが好きなのかと思ったけど」

「フルーツティーも好きよ。でも、カモミールやミント、ペパーミントのお茶なんかも好きね」

「へえ。じゃあ私は……ミントって呼んでくれる？」

「ミント？」

「君が今、好きだって言ったから。それに君が買ったお茶にもミントが使われているでしょう？」

「そ、そう、ね」

頷いた。まあ、名前なんて何でもいい。

「じゃ、じゃあ、あなたのことはミントと呼ぶわね」

「うん。本当は私の名前を呼んで欲しいけど、仕方ないね。君のことはカモミールでいいんだよね？」

「ええ。それでお願い」

笑みを浮かべつつも、罪悪感でかなり心臓が痛かった。

男――ミントは私に対して、誠実な態度で接してくれている。それなのに私は……と思ったのだ。

名前を告げることも許さず、嫌われるためのデートを提案するとか、本当に最低すぎる。

――でも、それしか方法がないんだもの。

ミントと付き合ったり結婚したりという選択肢がないのだから、嫌われるしかない。

だけど、相手が誠実なだけに心が痛むのだ。

申し訳ないという気持ちでいっぱいになってくる。

それを必死に振り払い、ミントに言った。

「その、それでこれからなんだけど、私、行きたいところがあるのよ。付き合ってもらえる？」

連れて行こうと思っているのは、私が師匠に頼まれている見回りの場所だ。

今は廃墟《はいきょ》となった何もないところ。デートには全く向いていないと断言できるその場所に連れて行こうと思っていた。

そうすれば、私はデートに廃墟を選ぶような酔狂な女として認識される。幻滅されるのはほぼ間違いないだろう。

ちょうど見回りに行かないといけなかったし、一挙両得とはこのことだ。

己の作戦に満足していると、ミントは笑顔で頷いた。

「もちろんだよ。私は特に行きたい場所もないし、君の行きたいところで構わない。君が何を好むのかをもっと知りたいしね。紅茶だけでなく」

「そ、そう？　えっとその、あなたの方はどうなの？　普段はどういう場所にいるのかしら」

「私？」

「ええ」

目的地に向かって歩き出しながら頷く。

聞いたのは彼のことを知りたいとか、そういう乙女チックな理由からではない。

普段行く場所を聞いておけば、今後その場所を避けることができると思ったからだ。

だが、ミントは自分に興味を持たれたと思ったようで嬉しそうだ。

ああ、本当に心が痛い。

「え、嬉しいな。でも残念なことに、基本私は自室で仕事尽《ず》くめなんだよ。外になんて滅多に出ることができないんだ」

「え、そうなの？」

この数日で二度も会っているだけに、信じられなかった。

だが彼はため息を吐きながらも頷く。

「うん。書類仕事がね、嫌になるほど多くて。他の仕事も殆ど室内で行われるものだから、本当に外に出る機会がなくて」

疲れたような顔をするミントを見ていれば、嘘でないことくらいは分かる。

そうなんだ、と当たり障りのない答えを返し、歩くことに集中した。

◇◇◇

「えっ……ここ？」

「ええ」

私が案内したのは、王都の中心地から少しはずれた場所にある、今は廃墟となったとある屋敷跡だった。

なんとなく昔の名残があるのが侘《わび》しさを醸し出している。

地下がある二階建ての屋敷。元侯爵邸なのでそれなりに広いが、ほぼ崩れ落ちていて、屋敷としては機能していない。

近くに建物らしい建物はなく、周囲には田畑が広がるだけで、屋敷の一軒も見あたらなかった。

ミントが驚いたように言う。

「なんというか……ずいぶんと寂れた場所だね。王都にこんなところがあったんだ」

「まあ、あまり人も近寄らないところだし。それに夜になるとお化けが出るって噂があるくらいだから、皆避けるのよね」

「お化け？　へえ」

信じていないような口調で返事があった。

「あら、信じていないの？」

「一度も見たことがないからね。見えないものを信じることはできないよ」

「まあ、そうよね」

ミントの言うことは尤《もっと》もだと思うので、腹は立たない。

実際、この廃墟にお化け——霊はいるのだけれど、私たち魔女以外には見えないのだ。

一般人にはただ、気味の悪い場所というだけ。

そんな場所に連れてくるとか、嫌われても当然だろう。私ならドン引きだし、巫山戯《ふざけ》ているのかと怒るところだ。

だって、ここでどんなデートができるというのか、むしろこっちが教えて欲しい。

「えっと、カモミールはこういう場所が好きなの？」

ミントが尋ねてくる。

怒っているかと思ったが、彼の態度は普通だった。冷静に私の意図を探ろうとしている。

——へえ、怒らないんだ。

感情的にならないところは好感が持てる。こういう人は嫌いではない……というか、結構好きかもしれない……と思ったところでハッとした。

——駄目駄目。何を考えてるの。

嫌われなければならないのに、結構好きとか何だ、それ。

慌てて思考を打ち消し、先ほどの問いかけに答えた。

「す、好きとかではないけれど、落ち着くとは思うわ。こんな場所だから、当然人がいないでしょう？　人が多いところは疲れるの。だから」

嘘ではなかった。

実際、人が多いところはあまり好きではないのだ。いつ自分が魔女だと知られるかと思うと、心安らかではいられない。だから、誰もいない場所を好む。

ただ、それはそれとして、町中を歩くのも嫌いではないけれど。

人々が平和にしている姿を見ると、自分が魔女として頑張っていることに意味があるのだと思えるのだ。

静かな場所が好きなのに、賑やかな場所で人々が笑っているのを見るのも好き。

矛盾しているようだが、私の中では不思議と共存できている。

「普段は人と会話するのも、誰かと一緒にいることも好きなんだけど、時折無性にひとりになりたくなる時があるのよね。そういう時、突発的にこういうところに来たくなるのかもしれないわ」

紛れもなく私の本音だ。

とは言っても、この場所に関してだけは、できるだけ近づきたくないのだけれど。

実はここは魔女にとっては禁忌とも呼べるところ。

特に師匠が嫌がっていて、理由を知っているだけにこの場所の見回りは私が主に行っていた。

霊さえいなければ、見回りもしなくていいのだけれど、ここにはもう長く霊が住み着いていて、いつ悪霊になるやも分からない状況なのだ。

だから無視することはできない。

「なるほど。分かるかもしれない」

私の話を聞いたミントが、同意するように頷く。

彼を見ると、ミントはどこか遠い目をして言った。

「今まで気づかなかったけど、私も君と似たような感じかもしれないね。――私は、生まれた時からずっと誰かに見られている人生なんだ。だから常に気を張っている」

「ずっと見られている？」

どういうことかと思いながらも尋ねる。彼は頷き、言った。

「とはいっても、それが当たり前だったから気にもしていなかったんだけどね。今、唐突に気づいたんだ。ああ、誰も私自身を見ていないって。そしてそう思った途端、全身から力が抜けたんだよ。こんな感覚、久しくなかったな」

「そう、なんだ。でもそれって大変ね。普段から息抜きもできていないってことでしょう？」

「息抜きは私の立場ではなかなか難しいかな。今日なんかは、部下がこっそり逃がしてくれたから町に出てくることができたけど、普段は許されないしね」

「逃がしてくれたって……その、部下って例の友人？」

先ほど、友人が代わりに頑張ってくれている的なことを言っていたのを思い出し聞くと、肯定が返ってきた。

「うん、そう」

「そうなんだ。でもどうして今日は出て来たの？　逃がしてもらわなければならないほどの用事でもあった？」

気になったので質問すると、彼は私に視線を移し、にこりと笑った。

「カモミールを見つけたかったから」

「え」

「だからどうしてもってお願いして、逃がしてもらったんだよ。君をどうしても見つけたくて……会いたくて仕方なかったからね」

「……」

告げられた言葉には力と心が籠もっていた。

何も言えないでいると、ミントは小さく笑う。

「君に一目惚れしてからというもの、私は本当に駄目なんだ。仕事も碌に手につかなくなってしまうし、こんなの初めてだよ。これでもわりと真面目で通ってたんだけどな。逃がしてくれた部下にまで『今日のあなたは役立たずです』と言われてしまったし……うん、そんなことを言われたのも初めてだった」

何故か楽しそうな顔をするミント。

私はといえば、どう答えればいいのか本当に分からないでいた。

彼の言葉を聞けば、いかにミントが私のことを想っているのかが伝わってくる。

彼が私を好きだというのは冗談でもなんでもなく本気なのだと、否応なく理解してしまうのだ。

それなのに私は、彼に嫌われようとしている。

こんなに真面目に、真っ当に愛を告げてくれる人に、わざと嫌われるよう仕向けているのだ。

——私、最低。

そう思っても、計画を変えられるはずもない。

だって私には、こうするより他はないから。

——でも、こんな人もいるんだ。

彼を見てつくづく思う。

基本、私はごく身近な人以外とは関わらない。家族と友人、あとは師匠。それだけで世界は完結しているし、実際それで十分なのだ。

だから、年の近い異性とこんなに長い間話したことなんてなかった。

当然、愛を告げられたことだってなくて、でも気持ち悪いとか嫌だとかは全く思わなくて、むしろこんな人に好いてもらえるなんて光栄だな、なんて思えてしまう。

——ああ、だから駄目なんだって。

光栄なんて思っては駄目なのだ。気持ちを彼に傾けるわけにはいかない。

自分が魔女だという事実をしっかり嚙みしめ、彼から距離を取るようにしなければ。

嬉しいと感じてしまう自分を叱咤《しった》し、気持ちを引き締める。

そもそもこの男は、かなり厄介な物件なのだ。

おそらくは高位貴族で、下手をすれば父と関わりのある家の人間かもしれない。そんな人物に万が一、私が魔女だと知られたらまずいどころの話ではない。

私は家族に迷惑を掛けたくないのだ。

魔女に生まれてしまった私を、父や家族は大切にしてくれた。守ってくれた。そのことを感謝しているし、恩を仇《あだ》で返すような真似はしたくない。

家族に迷惑を掛ける可能性があるのなら、全力で排除する。それが私の方針。

だから、ミントに好感を持とうが関係ないのだ。何が何でも嫌われなければならない。

「ええと、私、ちょっと奥の方まで行ってくるわね」

ミントに話し掛ける。

嫌われると決めたが、とりあえず魔女としての責務もこなさなければならない。

私の役目は、この廃墟にいる霊の現状を確かめること。

昔からここにずっといる霊の様子に変化がないか、確認するのが仕事なのだ。

「危ないよ！」

「大丈夫」

廃墟へ向かって歩き出すと、ミントが慌てて追いかけてきた。

「すぐに戻ってくるから」

「そういう問題じゃない。こんな場所で女性をひとりで行動させるなんてできるはずないだろう？」

「えっ……」

「何かあってからでは遅い。私も一緒に行くよ」

真摯に告げられ、目を丸くした。なんか……やっぱり良い人だ。

勢いに呑《の》まれ、頷いてしまう。

「えっと、あの……じゃあ、うん」

一緒に連れて行くつもりなんてなかったのに、彼が私を心配してくれているのだと分かってしまってては断れなかったのだ。

ボロボロに崩れた屋敷跡は足場が悪い。だが、ここには二週間に一度は見回りに来ているので慣れている。ひょいひょいと瓦礫《がれき》を避けながら屋敷の奥へ向かった。

「……いた」

遠目から確認し、小さく呟く。

以前は応接室だったと思われる場所。そこに『ソレ』はいた。

灰色の煙のような塊が、割れた窓の側で揺れている。洞《ほら》のような目がふたつついていて、どこを見ているのかも分からない。この場所に長年住み着いている霊だ。

いつまで経っても天に還らず、悪霊化もせず、ただ、ここで所在なげに漂っているだけの存在。

この霊を定期的に確認するのが私の仕事なのだ。

「……」

「何を見ているの？」

じっと霊を見つめていると、ミントが声を掛けてきた。霊が見えるのは魔女だけなので、彼には私が何を見ているのか分からないだろう。

「……別に。ちょっとぼんやりしていただけ」

何でもないと首を横に振る。そこで気がついた。

いつもフラフラと漂うだけの霊が、妙にこちらを気にしているということに。

——あれ？

霊が気にしているのは、私ではなくミントだ。どうもチラチラとこちらを窺っているように思える。

今まで見せなかった様子に眉を寄せたが、すぐに原因に気づいた。

——ああ、そういうこと。

ミントという男は、すごく陽の気が強いのだ。

人間は皆、陽と陰の気を持っていて、どちらかに片寄っていることが多い。

陽の気が強い人もいれば、陰の気が強い人もいる。

それは私たち魔女から見れば一目瞭然なのだけど、魔女でない人たちには分からないようなのだ。

ちなみに魔女はほぼ陰の気しかない。逆に王族は陽の気が非常に強く、陰の気しかない魔女には心地《ここち》好く感じることが多かったりする。

陽と陰は裏表一体。強い陰には強い陽。何事にも釣り合いというものは存在するのだ。

——へえ、王族並じゃない。

今まで特に気にしていなかったが、改めて確認すると、ミントの陽の気は、それこそ王族に匹敵するほど強かった。

国王とは面識があるが、彼に近いくらい強いかもしれない。

お陰で、近くにいるとほかほかと暖かいような気がするし、心地好い。

陽の気が強い者になんとなく惹《ひ》かれてしまうのは陰の気を持つ魔女の性《さが》なので仕方ないのだけれど、彼に対する印象が更に良くなったのは間違いなかった。

霊が彼を気にする様子を見せるのも当然だ。

陰の気でできている霊は、陽の気に吸い寄せられる。

気持ちは分かるなと思った。

「どうしたの？」

私の視線を感じたのだろう。ミントが不思議そうな顔をして聞いてきた。それに答える。

「ううん。ただ、あなたの側ってすごく心地好いなって気づいただけ」

私にとっても霊にとっても。

そこは口にせず告げると、彼は何故か驚いた顔をした。

「えっ……」

「？　何？」

ミントが目を見張っている。その顔はいつの間にか熟れた林檎のように真っ赤になっていた。

「そ、その……本当に？　心地好いってそんな風に思ってくれているんだ」

「？　ええ、それがどうかしたの？」

「……結婚しよう」

「は？」

突然、真顔になり、ミントが求婚してきた。

怪訝《けげん》な顔をして彼を見る。ミントは私の両手を握ると、キリッとした声と顔で言った。

「今すぐ結婚しよう。きっと君を幸せにすると誓うよ」

「ちょ、ちょっと……」

「一緒にいて心地好いなんて、最早プロポーズみたいなものだよね。大丈夫。私はいつでも君と結婚する用意があるよ。今すぐ父上にも紹介して君を妻に迎え――」

「なんでそんな話になるの！　そもそも付き合ってすらいないでしょ‼」

訳の分からない暴走をし始めたミントの手を思いきり振り払う。

ただ、陽の気を持つ彼の側にいると心地好いと言っただけで、どうして結婚云々《うんぬん》の話になったのか、意味が分からない。

「私は、そういう意味で言ったんじゃないの！」

「え、でも、夫婦になるのなら一緒にいて心地好いかどうかは大事じゃない？」

「それはそうだけど……」

「その点、私たちは相性が良いみたいだから心配要らないよね。私も君と一緒にいると、自然体になれるような気がするし」

「それは気のせいだと思うわ」

バッサリと切り捨てると、ミントはムッとした顔をした。

「酷いな」

「そう言われても、思い込みで突っ走られるのは迷惑だもの。ああ、もうこんな時間。そろそろ行きましょ」

気がつけば、日は落ち、夕方になっていた。

霊はミントを気にする様子を見せていたがそれだけで、特に悪霊化する様子も見られなかった。

今日も問題なしということでいいだろう。

用事が終われば、こんな場所に長居する理由はない。

さっさとほぼ全壊と言っていい屋敷から出る。ミントが慌てた様子でついてきた。

「ちょっと……待ってよ」

「知らない。妙な妄言を言う男なんて待ちたくないわ」

「悪かったって……！　ただ、君にプロポーズできる良い機会だと思ったから、逃したくなくて――」

「……廃墟でプロポーズされて嬉しい女がいると思う？」

立ち止まり、彼を見た。

彼は目を瞬かせ、真面目に答える。

「それは――うん、難しい問題だね。ただ、タイミングを見計らっていたらいつまで経っても願う結果にはならないかなとも思うんだ。私にはそういう友人がいるから特にね。彼を見ていると思う。待っていたところで始まらない。それならもう気にせず行けると思ったタイミングで行かないとって」

「……」

彼の言葉にはやけに実感が籠もっていた。

よほどその友人とやらはタイミングが悪いのだろう。私の兄も同タイプなので、彼の言っていることはよく分かる。

タイミングを見計らい続けた結果、いまだ好きな女性に求婚できない身内がいるので「そんな馬鹿な」と一笑に付すことができなかった。

どちらかと言うと「分かる」と同意しながら握手を求めたい。

その気持ちを隠し、渋い顔を作った。

「……言いたいことは分かるわ。でも、今の状況で行けると思ったというのは頂けないわね」

苦言を呈すると、ミントもそこは納得のようで頷いた。

「そうかな。いや、そうかもしれないね。でも、人を好きになったのも初めてなら求婚するのも初めて――いや、本屋の時が一回目だから……うん、まだ二回目だから、そこは目を瞑って欲しいと思うんだよ」

「考えてみれば一回目の時から、タイミング最悪だったのよね……」

本屋でのあり得ないプロポーズを思い出し、ますます渋い顔になった。

王都の中心街へ戻りながら話す。

ミントと会話するのは不思議と楽しく、沈黙も気にならない。

彼は話の引き出しも多く、退屈を感じさせないのだ。

――うーん……。ますます優良物件。

本当に、私が魔女でさえなければ、真面目に結婚を検討していいレベルの良い男である。

しかし――と歩きながらミントをチラリと見る。

デートにはそぐわない場所に連れてきて嫌われようという作戦。決して目の付け所は悪くなかったと思うのだけれど、如何《いかん》せん、彼には効果がなかったようだ。

それどころか終わってみれば、何故か私の方こそ彼への好感度が上がっている。

ミントと話すのは苦にならないし、楽しい。

正直なところを言えば、もう少し彼のことを知りたいな、なんて思ってしまったくらい。

向こうがこちらをどう思ったのか正確なところは分からないけれど、少なくとも幻滅までは至っていないのだろう。

何せ、今も私の視線を感じた彼は、嬉しそうに笑い掛けてきたから。

柔らかさと甘さたっぷりの目線に、うっかりときめいてしまいそうになる。

――だーかーら！　駄目なんだってば！

作戦は大失敗だ。

――はあ。どうしよう。

ため息を吐く。今日で全てを終わらせてしまおうと思ったのに、失敗とは情けない。

「……もう、夕方だからここで解散でいいかしら」

サニーロードまで戻ってきたところで立ち止まり、ミントに声を掛けた。彼は不思議そうに首を傾げ、周囲を見て、初めて気がついたという顔をする。

「本当だ。もう夕方だったんだね。君と一緒にいるのがあまりにも楽しくて、時間なんて全く気にしていなかったよ」

「……そういうのはいいから」

本当に、うっかりときめきそうになるから止めて欲しい。

ミントが残念そうに言う。

「そうか。もう終わりなのか。私としてはもう少し君と一緒にいたかったんだけど……」

「これ以上はさすがに無理よ」

「分かってる。私もそろそろ帰らなければいけないからね。わがままは言わないよ」

「……」

もう少しごねられるかと思っていたので、意外にあっさり引いたことに驚いた。

「ええと……」

言わなければ。

もう二度とあなたに会うことはないと。

今日のこれで全部終わりだと。こちらにそのつもりはないのだと言わなければならない。

いくら彼が良い男でも、私は魔女だ。それだけで全部が壊れてしまうと知っているから。

「あの、あのね――」

「次！」

「え」

話を遮られ、ミントを見た。彼はにこやかに笑っている。

「あの」

「次、また会えたら、今度こそお互い、名乗り合おうよ」

「……」

「残念だけど今日は諦める。今日のあのデートだけじゃ、お互いのことなんて何も分からないだろう？」

「それはそう……だけど」

「私は君をもっと知りたいし、知って欲しい。名前だって呼んで欲しいし、君の名前を呼びたいと思う。だから」

言葉を区切り、私を見る。

「もう一度、チャンスが欲しいな」

「……！」

まるで、私が何を言おうとしていたのか分かっているような顔をされ、言葉に詰まった。

大きく目を見開く。

「私に、チャンスをちょうだい。君を手に入れるためのチャンスを。本当に一目惚れで初恋なんだよ。こんなに簡単に諦めたくない」

「……そもそも、名前の話は付き合うことになったらって話だったでしょ。どうして次回教える、にすり替わっているのよ」

「え、別にいいじゃないか。名前くらい。カモミールっていうのも、私だけが呼べる渾名《あだな》みたいで楽しかったけど、本名を知らないままなんて嫌なんだ。ね、いいでしょう？　次、また会えたら、もう一度デートして、名乗り合おうよ」

『もう一度』を繰り返し、ミントが笑う。

彼を見ていると、胸が苦しくなってくる。でも、無理だ。

だって再度機会を与えてしまったら、ますます私がドツボにハマってしまうから。

「……」

だけど言えない。

嫌だと何故か口にできないのだ。

「……もう一度会えるかも分からないわよ」

結局、私の口から出たのは、そんな了承とも言えないような曖昧な言葉だった。

だが、ミントは自信満々に言った。

「大丈夫。絶対に見つけるから」

「……そう。なら、勝手にしたらいいじゃない」

絆《ほだ》されたつもりはないけれど、あまりに自信満々に笑うので、つい、そう答えてしまった。ミントが嬉しそうに言う。

「うん、ありがとう。――またね、カモミール」

「ええ、また――って……」

こちらも別れの挨拶をしようと思ったところで、何かが引っかかった。

なんだろう。今の『またね』という声のテンション。これをどこかで聞いたことがあると感じたのだ。

どこでだろう。それがどうにも気になる。

つい最近、だったように思うのだけれど。

「じゃあね」

その場に立ち尽くす私に、ミントは手を振り、こちらを振り返ることなく去って行く。

彼を見送った私は、どこでその声を聞いたのか必死に考え――やがて、とある人物と同じだということに気がついた。

――え。

遠くなっていく背中を凝視する。

黒髪が風に揺れている。

背を伸ばして歩く姿は見惚れるほどに美しい。彼が向かっているのは王都の中心地――王城だ。

「……嘘でしょ」

気づいてしまった事実が信じられなかった。

だって、こんなところにいるはずがない。彼は——もし本当に彼が私の予想通りの人物なら、町中《まちなか》をひとりで歩いているはずなんてなくて、城の自分の執務室で書類と戦っているはずなのだから。

でも。

『——私は、生まれた時からずっと誰かに見られている人生なんだ。だから常に気を張っている』

『息抜きは私の立場ではなかなか難しいかな。今日なんかは、部下がこっそり逃がしてくれたから町に出てくることができたけど、普段は許されないしね』

先ほど彼が言っていた言葉を思い出す。

ずっと人に見られている人生。そして、息抜きすらできない立場だと彼は言っていた。

聞いた時はやはり相当地位のある貴族かと思ったけど、そうではない。

彼は貴族なんかではなかった。

間違いない。彼はフェンネル王子だ。

「……」

まだ小さく見えている背中を見つめる。

護衛すらつけず、気楽に歩いている彼は、本来金色の髪に赤い瞳というとても目立つ色彩だ。

それがどうして黒髪黒目になっているのか、彼が王子だとするのならその答えは簡単だ。

——師匠が、渡したんだ。

師匠が王子を可愛がっていることはよく知っている。

それに、さっき王城で王子と会った時に彼は言っていたではないか。

今から外に出るのだと。そしてこの間貰った例の『アレ』が欲しいと。

彼は、外に出るなら必要だと言っていた。

「……色替え薬のことだったのね」

師匠から貰った薬で髪と目の色を変えていたのだとすれば辻褄《つじつま》は合う。

そして——。

「待って。ということは、散々聞かされていた『王子の好きな人』って私⁉」

リコリスからも師匠からも聞いていた、そして本人も認めていた『好きな人』。それが自分であるということに初めて気づき、眩暈《めまい》がしそうになった。

「……信じられない」

なんということだろう。

彼が王子だと仮定すれば、色々なことの辻褄が合っていく。

彼が陽の気が強いのも王族ならば当然で、魔女に偏見がなさそうだと思ったのも、彼が王族であるのならそれはそうだろうとしか思えない。

何せ王族が一番、魔女からの恩恵を受けているのだから。

初めて会った時、彼はエインリヒの凶行について書かれた本を持っていたが、おそらくは普段良くしてくれている師匠についてもっと知ろうと思い、あの本を手に取ったのだろう。

そういうところは好感が持てるが——と、違う！　今はそういう話をしているんじゃない！

問題は、王子の好きな人が私だという事実。

これに尽きる。

「ど、ど、ど……どうしよう……」

父と付き合いのある高位貴族の息子だったら困るなくらいに思っていたが、今は違う。

その程度ならむしろ良かった。どうしてそうではなかったのだと文句を言いたいくらいだ。

まさかの王子。王子に一目惚れされ求婚されているという事実に、失神しそうな気持ちになってくる。

「げ、現実逃避したい……」

ガンガンとひっきりなしに頭痛が襲ってくる。泣きそうになりながら、とぼとぼと屋敷へ向かった。

よりによって王子。

王太子に求婚されたとか、どうすればいいのだろう。ただひとつ言えるのは、自分がものすごく拙《まず》い状況にあるということ。

だって、魔女である自分が王子と結婚などあり得ない。

周囲からは猛反発を食らうだろうし、そもそも私が公爵家の娘だとバレた時点で、家族にも迷惑が掛かる。

成人し、きちんと魔女として認定されたあとでなら、ファミリーネームまではバレないだろうが、今の私はまだ魔女見習いだし。それに国民だって許さない。平民の多くは魔女を得体の知れないものとして嫌っているのだから。

その魔女と自国の王子が結婚？　暴動が起こったとしても不思議ではないと思う。

「無理……絶対に無理だわ」

どう考えても『無理』の二文字しか出てこない。

王子と結婚なんて話になれば確実に起こるであろう、様々な出来事を思えば、恐怖しか感じなかった。

私は身体を震わせながらも屋敷に戻り、自室に入った。

帰宅の挨拶をする気にもなれなかった。

今の私に、家族と笑顔で会話できる気力はどこにもない。

「……」

無言でベッドに倒れ込む。

疲れがどっと襲ってきた。

どうして王子に惚れられるなんてことになったのか。

私は普通に日々を送っていたはずなのに。

特に何かを望むこともなく、魔女としての未来を受け入れる。そう思い、淡々と生きてきただけなのに、どうして。

「ああ、だめ。考えても仕方ない」

起こってしまったことをいくら考えても、何かが変わるわけではない。

とにかく二度と彼に会わないようにしなければならない。

楽しかったけど、駄目なのだ。

彼と私が結ばれるなんてこと、許されるはずがない。

たとえ彼が望んでも、その周囲が許しても、そもそも国民が許さないのだから。

そして王家の人間である以上、国民の声は無視できないはずで、やはり彼との未来なんてあるわけがなかった。

「……私、どうして魔女なんだろう」

魔女として生まれてしまった自分を否定なんてしたくないのに、出てきたのはそんな情けない言葉だった。

第四章　五日目

「ごきげんよう、ヴィオラ。遊びに来たわよ」

次の日の午前中、約束通り、リコリスが遊びにやってきた。

正直、有り難い。

何せ昨日は、殆ど眠れなかったのだ。

私に求婚してきた男が王子だったという事実が強烈すぎて、寝ようと思っても寝付けなかった。悶々《もんもん》と考え込んでしまい、気づけば朝になっていたのだから嫌になる。

リコリスが来てくれなかったら、今日も自室に引き籠もって、うんうん唸っていただろうから、気分転換という意味でも彼女が来てくれたのは嬉しかった。

「いらっしゃい。待っていたわ」

笑顔で彼女を出迎える。

残念ながら兄はいない。兄には王子の側近という仕事があるので、日中は屋敷にいないことが多いのだ。

本当にタイミングが悪い男である。

リコリスを口説くなら今しかないと思うのに。

兄の運の悪さにため息を吐きつつも、リコリスを自室に案内し、メイドにお茶の用意をさせる。

お茶は、昨日新しく買ったものだ。ミント——いや、フェンネル王子に買ってもらったものではなく、自身で求めたレモンとグレープフルーツの紅茶。フルーツ系のお茶が好きなリコリスは、新しいお茶に満足したようで喜んでくれた。

「美味しい！」

「良かった。昨日仕入れたばっかりなのよ」

「自分で買いに行ったの？　いいなあ。私もひとりで買い物とかしてみたい」

普通の公爵令嬢であるリコリスに、ひとりきりでの自由行動が許されるはずもない。

羨ましがられるが、それはごめんねとしか言いようがなかった。

「私はまあ……特殊な事情があるから」

「ああもう。そんな顔をしないでよ。ちょっとした軽口じゃない。あなたが魔女だってことは知っているし、ずるいとかそういう風には思っていないわ。酷い目に遭うことの方が多いって分かってるし。むしろそんな顔をさせてごめんなさい」

「リコリスが謝ることじゃないわよ」

それでも気づかってくれる友人の存在が有り難く、私は彼女にずいぶんと助けられているのだなと感じることが多い。それは今もそうだ。

笑みを浮かべる。リコリスも笑い、それでこの話は終わった。

彼女がティーカップを傾けながら言う。

「それより――ねえ、聞いてくれる？」

「何かあったの？」

リコリスが頬を膨らませる。どうやら何か嫌なことがあったらしい。

話の続きを促すと、リコリスは眉を中央に寄せながら言った。

「お父様。もう新たな婚約者を探そうとしているの」

「えっ、もう？」

あまりの早さに驚いた。

娘の婚約話がなくなったのだ。父親としてはすぐにでも新たな男を見繕いたいのだろうが、それにしても早すぎる。

リコリスはうんざりしたという顔をしながら文句を言った。

「昨日の夜にね、私の部屋を訪ねてきて……両手いっぱいの絵姿を持っていたのよ。『殿下にも見劣りしない良い男を探してやるからな』って。……本当、嫌になっちゃう」

「ええと……その中にうちの兄の絵姿なんかは……」

恋愛はふたりの問題で、いくら妹であり友人だったとしても首を突っ込むつもりはない。

そうは思っていたが、さすがに聞いてしまった。

リコリスも気づかれているのは分かっていたのだろう。あっさりと答える。

「なかったわ。本当、私のためって言うのなら、私が喜びそうな男を見繕ってくれればいいのに

「……」

「……近すぎて、スノウ公爵様もお兄様の存在を忘れているのかもね」

幼い頃からの家族ぐるみでの付き合いだ。

しかも別にスノウ公爵は兄を嫌っているとかそういうわけではない。だけど何故か、今まで一度も兄とリコリスの話が出たことがないのだ。

多分、近すぎて候補に入れることすら忘れているのだろう。そんな風に思う。

「えっと、たとえばなんだけど、リコリスから兄さんがいい～みたいに言うとか、そういうのは駄目なの？」

一度聞いてしまえば、心理的な壁も低くなる。

せっかくだ。この機会にリコリス側の気持ちを聞いてしまおうと思い尋ねると、彼女は頬を膨らませて言った。

「嫌よ」

「え」

「だから嫌なの。私からアドニス様がいいなんて言えないわ」

「えっと、それは……どうして？」

誰が見たってふたりは両片想い状態だろう。それどころか互いになんとなく相手の気持ちを悟っている。話が来れば、兄は大喜びで受けるだろうし、ハッピーエンド間違いなしだと思うのだけれど。

「……いの」

「？」

「だから！　私は、アドニス様の方から求められたいの！　私からじゃない。向こうから好きだから結婚して欲しいって言って欲しいの‼」

「……あー……」

顔を真っ赤にして告げるリコリスに、大いに納得した。

何せリコリスは、愛されて結婚したいと言っていた子なのだ。彼女からしてみれば、たとえ両片想いの相手とはいえ、自分からというのは許せないのだろう。

それはリコリスの拘《こだわ》りだと思うし、通常なら男性側から申し込むのが当たり前だと思うから、わがままだとは思わなかった。むしろ、兄よ早く覚悟を決めてさっさと言え、と思ったくらいだ。

「なるほどね……」

「お父様に言えば、検討して下さるのは分かっているわ。でも、それじゃあ嫌なの。アドニス様の方から言ってもらいたい。だって私、昔から求められて、愛されて結婚したいって思ってたんだもの。……ねえ、ヴィオラ。それってわがままだと思う？」

「ううん、全然。お兄様がへたれなのが全部悪い」

リコリスはちっとも悪くない。グズグズして乙女の夢を叶《かな》えられない兄が駄目なのだ。

ここは兄の方にも探りを入れて、お尻を蹴飛ばさなければならないだろう。

私の大事な親友を悩ませ、悲しませるなんて許されるはずがないのだ。

リコリスの想いを知った私は固く決意し、絶対に兄と話をすることを決めた。

そのあとは、リコリスの愚痴に付き合う。

彼女が憂えているのは全部、兄がへたれなのが原因なのだ。妹として付き合う義務があるだろう。

「はー……。ヴィオラに話を聞いてもらえてすっきりしたわ。あとは……そうね。少し外の空気を吸いたいかも」

怒濤の勢いで話していたリコリスだったが、ある程度話して満足したのか、そんなことを言い出した。

「外？」

「ええ。町に出掛けたいの。だって、ヴィオラと一緒なら出掛けられるじゃない。ヴィオラ、ひとりで外に出ても大丈夫～みたいな魔法を使ってるんでしょ？　そのヴィオラと一緒なら、私も外に出られるかなって思うんだけど」

「えっ、それは……まあ、可能だけど」

リコリスを連れていくこと自体は問題ない。

何か起こっても彼女を守り切れる自信はあるし、軽く外に出るくらいなら今までにも何度かしているからだ。

だけど、今日だけは遠慮して欲しかった。

だって――。

――昨日の今日なんだもの。

昨日あった色々な出来事を思い出せば、しばらく外には行きたくないと思うのが普通だろう。

さすがに王子が毎日のように外に出られるとは思わないから、遭遇することはないだろうが、それでも気分的には町に近づきたくないというのが本音なのだ。

「えっと、今日は屋敷で話すだけ、じゃ駄目？」

「駄目。このモヤモヤした気持ちは外に出ないと晴れないと思うの。え……駄目？　いつものヴィオラなら仕方ないって賛成してくれると思うんだけど……もしかして何かあった？」

「な、何もないわよ！　そ、外ね。分かったわ」

慌てて頷いた。

リコリスは親友だが、それでも王子のことを話したいとは思わないのだ。

だって、私はもう終わった話だと考えているから。

このまま時が過ぎ、思い出にできた暁には、そういえばこんなこともあったよと話すくらいはしてもいいと思っているけど、今はまだ無理だ。

詮索されたくないので、外へ出ることを了承する。

仕方ない。念入りに変装すれば、たとえ王子がいたとしてもバレることはないだろう。

腹を括《くく》った私は自らに魔法を掛け、目と髪の色を変えた。

今までとは全く違う色だ。更に眼鏡を掛け、髪型も普段とは全く違うツインテールにしていると、リコリスが変なものを見るような日で言った。

「何してるの、ヴィオラ。それ、全然似合わないわよ」

「……そ、そう？　でもほら、町に出る時に変装するのはいつものことだし」

「それにしてもやりすぎ。今日のあなた、何か変よ？　外に出ることも渋っていたし、そんな妙な変装もして。……ねえ、やっぱり何か私に隠していることがあるんじゃない？もし悩みがあるのなら言ってよ。私たち、友達じゃない」

「うっ……」

心底心配そうに言われ、罪悪感が刺激された。

リコリスが本心から告げてくれているのが分かるだけに申し訳ないという気持ちになるし、だからこそ余計に言えないと思ってしまう。

だって婚約がなくなったと思ったら、その相手が自分の友人を好きになっていたとか。

恋愛感情がなくても複雑だと思うし、よしんば応援されたところで困るのだ。私はもう、彼と関わるつもりはないのだから。

「な、何を言ってるのよ、リコリス。本当に何もないわ」

やむなく嘘を吐く。リコリスが「本当に？」という目をしているのが辛かった。その視線に耐えきれず、変装をとく。

普段の公爵令嬢としての自分の姿に戻り、彼女に言った。

「分かった。今日はこのままで行くわ。それでいいのよね？」

「っ！　いいの!?」

「ええ」

ぱあぁっと顔を輝かせるリコリスを見て、気づかれない程度にため息を吐く。

まあ、いいだろう。

基本、私は町に出る時は変装していた。むしろ本来の姿で出ることの方が少ないので、実質今が変装しているようなものだと思った。

何より唯一の友人であるリコリスにはどうしても弱いのだ。

彼女の要望はなんとしても聞いてあげたくなってしまう。だけどそれも仕方ないだろう。

魔女としての私を知ってくれてなお、友人として親しく付き合ってくれるのだ。そんな人を裏切りたくないし、できることがあるのならなんでもやってあげたいと思う。

——多分王子と会うことはないだろうし……うん、何とかなる、よね。

彼も昨日、普段は室内に閉じこもって仕事をしていると言っていたし、二日続けて出てくることはさすがにない。ないと信じたい。ないだろう、多分。

友人のためと腹を括り、リコリスと共に外に出る。

馬車を使わず徒歩なのだが、リコリスはそれも楽しいようだった。足取りが軽い。それを見ていると、わがままを聞いてあげて良かったなと思ってしまう。

「で？　リコリスはどこへ行きたいの？」

「行きたいカフェがあるの。メイドたちに聞いたんだけど、すっごく美味しいタルトが食べられるお店。お茶も美味しいって評判なのよ！　つい最近できたのですって！」

「へぇ」

そんなお店があるのか。

あまり世の中の流行に興味がないため、新店情報には疎いのだ。

逆にリコリスは、なかなか行けない反動なのか、やたらと流行に詳しかったりする。

「いいわ。タルトは私も好きだし」

「ヴィオラならそう言ってくれると思ってた！　ええと、メイドに聞いた住所は……」

記憶を辿りながらリコリスが住所を告げる。大体の場所が分かったので頷いた。

「分かった。行きましょう」

「うふふ！　楽しみ！」

リコリスがスキップせんばかりに言う。

彼女が店の住所を覚えているのは、私にそのうち連れて行ってもらおうと企んでいたからだと知っている。

だが、私としても彼女と出掛けるのは楽しいし、流行の店なんて分からないというのもあって「ここに行きたい」と場所までセットで教えてくれるリコリスの存在は有り難かった。

そもそも私にリコリス以外の友人なんていない。彼女のお陰で『魔女』しかなかった私の世界が広がったのだと分かっている。

「あ、あそこのお店だわ！　メイドたちが壁に青い鳥が描かれてあるって言っていたし」

言われた場所辺りに行くと、リコリスがとある店を指さした。

オレンジ色に塗られた壁には、羽ばたいている様子の青い鳥が三羽、描かれている。

屋根は赤色。テラス席はない。全体的にポップで可愛い感じのお店だった。

名前は、ブルーバード・ストロベリー。

「へえ……」

「良かった。まだ開店したばかりだからかしら。並んでいないわね」

どうやら普段はかなり混む店らしく、空《す》いているのは運が良いそうだ。

扉に営業時間が書かれていたが、三十分ほど前に開店したばかり。なるほど、来たタイミングが良かったらしい。

「いらっしゃいませ〜」

扉を開け、店内に入ると、ポニーテールの店員が笑顔でこちらにやってきた。

「何名様ですか？」

「あ、ふたりです」

「かしこまりました。お席にご案内致します」

慣れたようにホールに入っていく店員の後についていく。彼女が案内してくれたのは窓側の席で、サニーロードを行き交う人々がよく見える場所だ。

二人用ではなく、四人用の席。まだそんなに客が埋まっている感じではないから、広い場所に案内してくれたのだろうか。

「こちらで宜しいでしょうか」

「はい」

理由はどうあれ広い席は有り難かったので頷く。リコリスも外の景色が見られるのが嬉しいようでニコニコとしていた。

店員がメニュー表を二冊と水を置いていった。

「わ……結構種類が豊富なのね」

メニュー表にはたくさんのタルトがイラストつきで載っている。紅茶も種類が豊富のようで、期待が高まった。

メニュー表と睨《にら》めっこしているリコリスに声を掛ける。

「ね、リコリスは何を頼むの？　この店のおすすめとか分かるのなら教えて欲しいんだけど」

せっかくなら店で一番人気のものを食べてみたい。そう思いリコリスに尋ねると、彼女はイチゴがたっぷり使われたタルトを指さした。

「このイチゴタルトよ。ほら、宝石イチゴって、ヴィオラも知ってるでしょ？」

「ええ」

宝石イチゴというのは、マグノリアの特産物として知られている有名なイチゴの品種だ。

宝石のようにキラキラと美しく輝いていて、しかも大きく形が整っていることからつけられた名前。

まごうことなき高級イチゴである。

「その宝石イチゴをふんだんに使用したタルト。それがここの売りなの。宝石イチゴを作る農家と専属契約しているから、継続的な供給が約束されているのも見逃せないポイントね」

「へえ……」

メニュー表に描かれているイチゴタルトを改めて見る。

タルト生地の上に、盛り付けられたイチゴ。これが全部宝石イチゴだとしたら確かに贅沢《ぜいたく》だし、目玉にもなるだろう。

価格もその分他のタルトよりお高めだが、宝石イチゴを使っていると考えれば妥当だ。

「……じゃあ、私はそれにしようかな。あとは紅茶だけど……」

「あ、紅茶はマグノリアブレンドがおすすめ！　この店独自のブレンドらしいんだけど、すごく味わい深いお茶らしいわ」

「そうなんだ。じゃ、それにするわ」

リコリスのお陰でサクサクと決まった。店員を呼ぶ。ふたりとも同じものを注文し、お喋《しゃべ》りに興じる。

しばらくすると注文した商品がやってきた。

「すごい！　綺麗」

宝石イチゴが使われたタルトは、イラストで見るよりも美しく、芸術的だった。

艶々と輝く様はまさに宝石と謳《うた》われるに相応《ふさわ》しい。

イチゴの甘い匂いが鼻腔《びこう》をくすぐる。ふたりでまずはその見た目に騒ぎ、存分に楽しんでからフォークとナイフを手に取る。

さあ食べるぞと思ったところで、コンコンと窓ガラスを叩《たた》く音が聞こえた。

「？」

なんだと思い、窓の方を見る。

そこには何故かミント――ではなく昨日王子と判明した彼がいて、笑顔で私に手を振っていた。

「え、はあああああ⁉」

何故、王子がここに。

しかもその隣には兄がいる。

ふたりは町中でも浮かないような服装をしていたが、顔立ちが派手かつ整っているので、周囲の目線を釘付けにしていた。

「……」

絶句して言葉も出ない。

リコリスも彼らに気づいたのか「まあ」と目を丸くしていた。

「……殿下とアドニス様？　え、どうしてこんな町中に？」

「さ、さあ……」

首を傾げながらも冷や汗が流れ落ちていくのが自分でも分かった。

どう行動するのが正解なのか、全く分からない。

今すぐ立ち上がり逃げたところで、入り口で捕まるのは間違いない。かといって、ここで大人しく待っていれば、確実に私の正体は王子に知られてしまうだろう。

何せ王子の隣には兄がいるのだ。更にはリコリスもいるとなれば、逃げ場はない。

――ど、どうしよう。どうしよう。

逃げたい。今すぐ逃げたい。

だけどリコリスをひとりにすることなんてできないし、逃げる目算もつかない。

泣きそうになりながらも固まっていると、ある意味予想通り、王子たちは店内へと入ってきた。

店員が対応する。彼らは私たちの方を見て、何か言っている。

……おそらく、知り合いがいるから相席でという話をしているのだろう。

思った通り、彼らは案内を断り、こちらへとやってくる。

絶体絶命のピンチ。だけどどう動けばいいのか分からない。

ただ、ビクビクとその時を待つしかない私に、王子は笑みを浮かべて挨拶してきた。

「こんにちは。相席させてもらっても構わないかな。まさかこんなところで君と会えるとは思わなかったよ。というか、今日も髪色が違うけど……また変えたの？　すごく似合うね」

「え、ええ……」

声が震えた。

さすがに「人違いです」とは言えなかった。

どんな顔をすればいいのか分からず、曖昧な笑みを浮かべるしかない。

何と答えるべきか。これからどうすればいいのかと固まっていると、私の正面の席に座っていたリコリスが口を開いた。

「髪色？　ヴィオラは最初からずっとこの色ですけど。というか、髪色を変えているのはあなたの方ではありませんか、殿下。一体こんなところで何をなさっているのですか？」

「……」

――うわああああああ！

さらりと私の名前を呼び、更には王子に『殿下』と話し掛けたリコリスに、私は全ての終わりを悟り、叫びたくなった。

駄目だ。これはもう逃れられない。

口止めをしていなかったのでリコリスを責める気はなかったが、最悪なバレ方をした心地だった。

話し掛けられた王子が、目を瞬かせる。

どうやら彼女がリコリスだということに気づいていなかったらしい。

え、という顔をすると同時に、私と彼女の顔を交互に見た。

どうして私とリコリスが一緒にいるのか、それが不思議なのだろう。

王子が疑問を口にした。

「……リコリス嬢。どうして君がこんなところに？」

「それは私が聞きたいことですけど。殿下はヴィオラと知り合いで？　私、ちっとも知りませんでした。いつの間に知り合ったのです？」

「え、いや……彼女は……って、君の方こそどうして彼女を知っているの？　君は公爵家の令嬢でしょう？　そんな君が何故彼女と――」

「知っているも何も、彼女は私の友人ですわ。それに、彼女も私と同じで公爵家の人間です。というか、彼女の兄がすぐ隣にいるでしょう？　先ほどから殿下は何をおっしゃっているのです？　全く意味が分かりません」

「は？　兄？」

怪訝な顔をし、王子は彼の後ろにいた兄を振り返った。兄が何とも表現しようのない顔で頷く。

「えっと、はい。ヴィオラは僕の妹ですが……」

「え⁉」

今度は私を見る。その目が驚愕に満ちていた。

さすがに逃れようがないなと思った私は、諦めの気持ちで首を縦に振った。

「ええと、まあ、はい……そうですね」

「嘘でしょ⁉」

「とりあえず、座っていただけませんか？　他の方々に迷惑が掛かりますから」

大声でワアワア騒いでいては迷惑だ。そう思い、席を勧める。

リコリスが私の隣に移動してきた。正面の席に王子と兄が座る。

店員を呼び、騒いだことを謝罪してから、ふたりの分の注文も頼んだ。

「……」

王子がじっと私を見ている。

耐えられず、目を逸らした。しばらくして全員のオーダーが揃う。

誰も話さない。

何とも言えない空気感の中、口を開いたのは王子だった。

彼は姿勢を正すと、真面目な顔で私に質問してきた。

「えっとその……再度確認させて欲しいんだけど……君がアドニスの妹だっていうのは本当？」

「……はい。ヴァイオレット・エルフィンといいます」

諦めて名乗った。

すでに身バレしている状況で足掻《あが》くのは見苦しいという自覚があったからだ。

私の名前を聞いた王子は頷き、考え込むように自身の顎に手を掛ける。

「ヴァイオレット……ああ、だからリコリス嬢はヴィオラと呼んでいたんだね」

「はい。愛称としては一般的なものだと思います」

「なるほど。公爵家の令嬢が、同じ家格の令嬢と友人関係にある。確かに珍しい話ではないね」

王子の言葉に頷く。

実際、その通りだからだ。貴族は自分と同格の家の者たちと集まる傾向がある。話が合うというのもあるが、何より価値観が近いからだ。金銭感覚も似ているので互いに気を遣う必要がない。だからどうしたって親しくなるのは自分と近い身分の者が多くなる。

「あと、君の方に驚いた様子がないけど、もしかしなくても私の正体に気づいていたりする？」

おそるおそる尋ねられ、そちらについても肯定した。

「……昨日、お別れする際に気づきました。といっても、話の内容から推測しただけですけど。多分、殿下なのだろうなって」

「えっ……分かるようなこと、何か言ったっけ？」

「まあ……あくまでも話を聞いて総合した結果、ですので」

実際は、声に聞き覚えがあったからというのが切っ掛けなのだが、そこは言わないでおく。

王子は私が魔女だと知らないのだ。彼が魔女に偏見がないことはもう知っているが、だからといって自分から積極的に正体をバラすつもりはなかった。

王子はびっくりした様子で私を見ていたが、ハッと気づいたように言った。

「ヴィオラはアドニスの妹で公爵家の令嬢！　つまり、私と結ばれても何の支障もない身分だってことだよね⁉　ヴィオラ、今すぐ私と結婚しよう‼」

「嫌です」

兄とリコリスからの突き刺さるような視線を感じつつも、私は王子にはっきりと言った。

「申し訳ありませんが、私に結婚の意思はありません。是非、他のお相手を探して下さい」

「えっ……」

「別に、殿下が駄目とかそういう話ではないんです。私は生涯結婚するつもりがない。それだけの話ですので」

「……」

「失礼します」

立ち上がり、頭を下げる。

宝石イチゴのタルトを食べられないのは残念だったたし、お店の人にも申し訳なかったが、これ以上王子と話していても仕方ないし、この場にいるのが辛かったのだ。

「ヴィオラ！」

「お話しすることはもうありません」

焦ったように王子が名前を呼んできたが硬い声で告げる。会計の場所を通る際、全員分の代金よりも少し多いくらいのお金を渡しておいた。

「お釣りはいりません。お騒がせしました」

「あの……えっ……」

店員も戸惑っているようだが、何も言われたくなかった私は黙って頭を下げ、店を後にした。

早足で歩く。しばらくして後ろから「ヴィオラ、待って！」という声が聞こえてきた。

王子ではない。リコリスだ。

「……リコリス」

振り返り、彼女しかいないことを確認して立ち止まる。彼女はハアハアと息を乱して走ってきた。

「もう……私を置いていかないでよ」

「……っ！」

彼女の言葉にハッとした。

リコリスは私が連れてきたのだ。しかも、護衛すらつけずに。

彼女を無事に返すのは私の責任。それを放置し、自分の都合だけで逃げ出していいはずがなかった。

「ご、ごめんなさい。さっきはつい気が動転して……ううん。言い訳よね。私が全面的に悪いわ」

心から謝る。リコリスが呆《あき》れたように言った。

「別にいいわよ。事情があるんだなっていうのはさっきの会話だけでも、よーく分かったし。でも、説明はしてもらえるのよね？」

「説明……」

「私を置いて行ったこと。それでチャラにしてあげるわ」

にこりと微笑まれながら言われてしまえば、悪いことをした自覚のある私に断れるはずもない。

「……分かったわ。その、場所を移しても？」

「ええ、あなたの屋敷に戻りましょう？　ほら、お土産もあるし」

そう言ってリコリスが見せてきたのは小さな白い箱だ。

「結局、一口も食べてないじゃない？　勿体《もったい》ないから急いで包んでもらったの。これを食べながら話を聞かせてよ。ね、構わないわよね」

「リコリス……」

目を見張る。

どうやら彼女は、この短時間でタルトを箱に詰めてもらってきていたらしい。

呆れると同時に、食べ物を粗末にせずに済んだことにホッとした。

「ありがとう……」

「いいのよ。その、あなたから話を聞かなければ分からないけど、とりあえず殿下にはついてこないでって言っておいたから、来ないはずだし」

それはますます感謝だ。

今、彼の顔を見て、まともに話せる気がしない。

リコリスと並んで歩き、私の屋敷に戻る。

私の部屋のテーブルに改めて買ってきたタルトと新しいお茶を用意したところで、彼女が口を開いた。

「で？　さっきのはどういうこと？　私の目には殿下があなたにプロポーズしたようにしか見えなかったけど」

「……そうね。私にもそう見えたわ」

今更言い逃れはできないと分かっているし、話を聞いてもらえる方が有り難い。

いい加減、一人で抱えるにも限界だったのだ。

ボソボソとこれまでの経緯を話す。

書店で変装していた王子に一目惚れされたところから説明し、今日、偶然再会したどころか、そこで初めて身元が割れたところまで話すと、リコリスはため息を吐いた。

「なるほどね。殿下が一目惚れした女性ってヴィオラのことだったの……」

「……そうみたい。私も気づいたのは昨日だったんだけど」

しかも気づけたのもほぼ偶然のようなものだ。

直前に、彼の声を聞いていたから分かっただけ。あれがなければ、今日まで私は彼の正体に気づけなかっただろう。

一通り話を聞いたリコリスが頷き、私に言う。

「分かったわ。それで聞くけど、あなたに殿下の求婚を受けるつもりはないのね？」

「ええ。あり得ないわ。……だって私は魔女だもの」

キッパリと告げる。

リコリスは目を瞬かせ、小さく息を吐いた。

「そうね。あなたはずっと結婚はしないってそう言っていたものね。でも、相手が殿下なら大丈夫なんじゃないかしら。殿下は魔女という存在を正しく認知しているし、あなたが魔女だと告白しても笑って受け止めてくれると思うの。それだけの度量がある方なのよ。たとえ何かあったとしても、あなたのことを守ってくれると思うし、少しくらい検討してみても――」

「嫌よ」

リコリスの言葉を途中でぶった切り、告げた。

彼女が親切心で言ってくれているのは分かっていたが、心は穏やかではいられなかった。

どうしようもなく波風が立ち、我慢できない。

襲ってきた感情に流されるまま私は立ち上がった。

「守ってくれる、なんて簡単に言わないでよ。それでどれだけ私たち魔女が傷つくかも知らないくせに。周囲の人たちが私たちを見る目がどんなに厳しいものか、知りもしないくせに、適当なこと、言わないで！」

叩きつけるように言う。

幼い頃の記憶が蘇る。

恐ろしいものを見るような目で私を見てくる使用人たち。陰口を叩かれ、遠巻きにされたあの日々を忘れることはないだろう。

幼い心に焼き付いた記憶は、簡単に消えはしないのだ。むしろより鮮明なものとなり、私の息の根を止めようとしてくる。

「ヴィオラ……あ、私……そんなつもりじゃ……ごめんなさい」

リコリスが己の口を押さえ、わなわなと震える。そんな彼女を見て、一瞬で我に返った。

——私は今、何を言った？

リコリスには関係のない話で彼女を責め立てなかったか。

彼女は親切心で私に言ってくれたのに、それを分かっているくせに、彼女には無関係のところで切れ、責め立てたのだ。

確かに彼女の言葉で幼い時のトラウマが刺激された。だけどそれはリコリスには何も関係のない話だ。あの使用人たちとリコリスが全く違うことを、私は嫌というほど知っていたのに。

「……」

己の幼稚な振る舞いに気づけば、この場から消え入りたくなる。

リコリスが申し訳なさそうに俯《うつむ》いている。なんて酷いことを言ってしまったのか。自分の暴言を心から反省しながら、私は謝罪の言葉を口にした。

「……リコリスは何も悪くないわ。完全に八つ当たりよ。私の方こそごめんなさい」

頭を下げる。

リコリスが焦ったように言った。

「ど、どうしてヴィオラが謝るの？　私が考えなしの発言をしたのが悪かったのに」

「そんなことないわ。リコリスは私のためを思って言ってくれたんでしょう？」

誰とも結婚しないと言っている私に、視野を広げてみればどうかと提案してくれただけということは分かっていた。

ただ、馬鹿な私が勝手に傷つけられた気持ちになっただけ。悪いのは私だ。

「駄目ね。そんなつもりはないのだけど、やっぱり魔女だってことにコンプレックスがあるのかしら。無自覚に被害者意識を持っているのかもしれない。反省するわ」

普段はあまり気にしていないのだけれど、こういうところでカッとなってしまう辺り、十分あり得る気がする。

被害者面なんてしたくないのに、自然とそういう反応をしてしまった自分が情けない。

リコリスが泣きそうな声で言った。

「謝らないでって言ってるじゃない。悪いのは私よ。魔女のことはヴィオラからも話を聞いて色々知っていたはずなのに、不用意な発言をしたわ。あなたが反発するのは当然よ」

「そんなわけないじゃない」

ふたりで自分が悪かったのだと言い合う。

だが、どちらも引かないので、結局ふたりとも悪かったということで喧嘩《けんか》両成敗とすることにした。

話が決まったところで、改めて言う。

二度と同じことで揉めないためにも、はっきり告げておいた方がいいと思ったのだ。

「リコリス」

「何?」

「あのね、あなたの気持ちは本当に嬉しいの。でも、ごめんなさい。いくら何を言われても王子と結婚する気にはなれないわ。あの方が良い方だということは分かっている。でも、そういう問題ではないのよ」

リコリスの目を見て言う。彼女は頷き、口を開いた。

「分かったわ。これはあなたの問題だものね。私が口出しするべき話じゃないわ。私はヴィオラの意思を尊重する。当事者であるあなたがそう決めたというのなら、きっとそれが正しいのよ」

「ありがとう」

「ううん。最初からこう言っておけば良かった。……ごめんね」

「だからもういいって」

再度謝ってくるリコリスに苦笑する。

だけどこうして、互いに本音で話せる友人がいるというのは有り難いし、嬉しいと思う。

「さ、タルトを食べましょ」

空気を変えるように、殊更明るくリコリスが言った。それに応じるように返事をする。

「ええ、宝石イチゴのタルト、楽しみだわ！」

仲直りしたあとに食べたタルトは優しい甘さで、涙が出るくらいに美味しかった。

◇◇◇

夕方になった。

そろそろ日が沈むということで、リコリスは先ほど屋敷に帰っていった。

自室にひとりとなった私は、窓際に置いたひとり掛けのソファに座り、ぼんやりとしていた。

部屋の扉がノックされるのと同時に兄の声が聞こえた。

「ヴィオラ」

どうやらぼうっとしている間に兄が帰宅していたらしい。兄とは先ほどブルーバード・ストロベリーでも会ったが、会話はなかった。お互いそれどころではなかったからというのもある。

どうせどこかで話をすることになるとは分かっていたので、億劫《おっくう》な気持ちを堪え、返事をした。

「……はい」

「少し、いいか」

「……どうぞ」

全く気は進まなかったが、後回しにしたところで意味はない。返事をすると扉が開き、兄が入ってきた。

窓際でぼんやりしている私に気づき、こちらにやってくる。

「……さっきは驚いた」

「奇遇ですね、お兄様。私もです」

まさか、町中のカフェで兄と遭遇するとは考えもしなかった。しかも王子と一緒にだなんて。

「お仕事だったのですか？」

「いや……殿下の想い人探しに付き合って一緒に出ていただけだが」

そこで言葉を句切り、兄が複雑そうな顔で私を見てきた。

「その想い人がお前だとは思いもしなかった」

「奇遇ですね、私もです」

先ほどと同じ言葉を告げる。応答を考えるのも面倒だった。

兄から視線を逸らし、窓の外の景色に目を向ける。そんな私に兄が言った。

「――殿下は、ずいぶんと傷ついていらっしゃったぞ」

「……」

「お前に振られたと、落ち込んでいらっしゃった。いくらなんでもあんな断り方はないだろう」

「……」

責めるような口振りに、ピクリと身体を揺らす。それでも黙っていると、兄は話を続けた。

「お前がどう思っているのかは知らないが、殿下は本気だ。本気でお前を妻に迎えたいと考えていらっしゃる」

「……ええ」

そんなこと分かっているのだ。

昨日、少し共に過ごしただけでも、彼が誠実な人柄であることは理解できた。

彼は私を騙《だま》そうなんて考えていない。一目惚れしたというのも本心から告げたのだろうし、求婚の意志も本当。そんなの、分かっている。

ため息を吐き、兄を見た。

「だからといって、私が応えなければならないということはないでしょう？」

「ヴィオラ……だが、殿下は」

「殿下のお気持ちは有り難く思います。ですが、お兄様なら分かって下さるでしょう？　私は魔女。応えられるはずないじゃないですか」

魔女という言葉に、兄が片眉を吊り上げる。

「……殿下は、魔女についての正しい知識を有している。お前のことだって受け止められるはずだ」

「……そうでしょうね」

淡々と応える。

何の因果か、少し前のリコリスと同じことを言うのが可笑《おか》しかった。

でもだからこそ、切れることなく多少は冷静に話すことができる。

「殿下は魔女に対して偏見を持っていない。それは私も認めるところです。ですが、他の人はどうですか？　全員が全員、魔女について正しい知識を有しているとは限らない。平民なんてその最たるもの。王子が私と結婚すると発表すれば？　きっとあちこちから反対の声が上がるでしょうね。私、そんな中で笑っていられる自信がありません。それに、まだ成人もしていない状況でなんて……お兄様やお父様たちに迷惑が掛かってしまいます」

一番嫌なのは、家族に迷惑が掛かることだ。

そう言うと、兄はあっさりと言い放った。

「僕たちは気にしない。お前が幸せになれるなら、魔女の家族だとバレたところでなんとも思わないさ。だからお前も、殿下のことを憎からず思っているのなら勇気を出してみるのはどうだろう。きっと殿下は受け止めて下さる。その勇気が全てを好転させることに繋《つな》がるかもしれないじゃないか」

「……は？」

驚くくらい低い声が出た。

椅子から立ち上がる。

何を言っているのだろうか、この兄は。

あまりの言葉を聞き、思わず言ってしまった。

「……リコリスにいまだ告白のひとつもできないお兄様にだけは言われたくありません」

「え……？」

「勇気を出せ？　これまで散々チャンスがありながら、黙り込む選択をしてきたお兄様からまさかそんな言葉を貰うことになるとは思いもよりませんでした。……リコリスは待っているのに。お兄様だってなんとなくリコリスの気持ちに気づいているくせに、それに胡座《あぐら》をかいて、いつまでもへたれのままで。そんなことでは、せっかくフリーになったリコリスも別の男性と新たに婚約を結んでしまうかもしれませんね」

「……」

兄が大きく目を見張る。

何も言い返されないのをいいことに、私は今まで思っていたことを全部ぶちまけた。

「タイミングが悪いのは認めましょう。確かにお兄様はタイミングが悪いし運も悪いかもしれません。でも、お兄様の一番悪い癖は怖気《おじけ》づいて『今日は無理だ』と諦めてしまうことです。運が悪いからなんですか。告白すると決めたのならどんなに格好悪い状況でも『好きだ』と告げればいいじゃないですか。……リコリスは待っているんですから」

「……」

「待ってもらっていることに気づいているくせに、へたれていつまでも動かないお兄様に、偉そうに言われたくありません」

「ヴィオラ……その、僕は」

「私のことは気にしてもらわなくて構いませんので、部屋から出て行っていただけますか。私に何か言いたいのでしたら、まずはご自分のことをきちんとなさって下さい。そうでないと話を聞く気にもなれません」

バシッと告げる。兄は何度も目を瞬かせ、肩を落とした。

それから黙って踵《きびす》を返す。堪《たま》らず、その背中に告げた。

「……リコリス、ずっと待ってるんですよ。お兄様もリコリスのことが好きなら、それこそ勇気のひとつくらい出せませんか。リコリスはお兄様が格好悪くても気にしません。だって、今更なんですから」

リコリスは、兄の格好悪いところも運の悪いところも全部知っている。それでも兄が良いと思ってくれているのだ。その彼女に対し、きちんと行動を起こせない兄に、いい加減私も怒っていた。

部屋を出て行く直前、兄が言った。

「──そうだな。確かに僕にはお前に何か言えるような資格はなかった」

「……」

パタンと音を立てて、扉が閉まる。誰もいなくなった部屋で私もまた呟いた。

「……私にも、そんな資格ありませんけど」

魔女だからという理由で全てを拒絶している私が偉そうに言えることなど何もない。

私だって兄と同じ。勇気のないチキンなのだから。

「……兄妹揃って臆病とか、終わってるわ」

だけどやっぱり、王子の求婚を受ける気にはなれない。

保身だと分かっていても、それのどこが悪いのかと思ってしまう。

私の身に刻まれた魔女の呪いは重く、そう簡単に消えることはないのだ。

間章　アドニスの決意（アドニス視点）

「……ただいま戻りました」

執務室の扉を開けながら、僕は主《あるじ》に挨拶をする。

一度は屋敷に帰ったものの、仕事が残っていることを思い出し、王城へ戻ったのだ。

そこまで急ぎではなかったが、なんとなく屋敷にいづらく、それを理由にして戻ってしまった。

「……アドニス。帰ったのではなかったのか？」

執務机に突っ伏していた王子が顔を上げる。その顔色はあまり良くない。

だけど僕の顔色も似たようなものなのだろうなと思ったから、指摘はできなかった。

「そうなのですが、やり残した仕事を思い出してしまいまして」

「もう夜なのにか？」

「……はい」

外はすっかり暗くなっている。普通なら屋敷で寛いでいる時間に、こちらにわざわざ戻ってきたことに不審そうな顔をした王子だったが、結局何も言わなかった。

「そう、か……」

小さくため息を吐く王子。

その姿に生気はなく、落ち込んでいるのは一目瞭然だった。

らしくない。

そうは思うも、どうして王子がこんな風になっているのかを知っているので咎めようとも思わなかった。

先ほど、王子は振られたのだ。

それも、完膚なきまでに。

求婚を断られたのだから、振られたと表現しても間違いではないだろう。

「……」

黙って自分の席に座る。やろうと思っていた書類を手に取るも、内容が全く頭に入ってこなかった。

「……アドニス」

「……はい」

「……屋敷に戻っていたんだろう？　ヴィオラの様子はどうだった？」

「……」

咄嗟に返事できなかった。

ヴィオラ。僕の妹。

王子が振られた相手というのが、ヴィオラなのだ。

町中の書店で出会ったという、王子が一目惚れした女性。それが僕の妹だなんて誰が想像しただろう。

少なくとも僕は、そんな可能性、考えもしなかった。

「……その……特に変わった様子はありませんでしたよ」

何と言えばいいのか悩み、結局無難な答えとなる。

本当のところなど言えるはずがないのだ。

妹は魔女で——だから王子の求婚を受けられないなどと。

妹は幼い頃に魔女としての力を発現させた。そして同時に人間の醜さを知ることになった。

魔法という特殊な力を使う魔女を、多くの人々が畏れ、迫害している。

高位貴族や王族などには、魔女のことを正しく認識している者も多いが、それも全員ではないし、「魔女なんて」と思っている人の方が多いのが現状だ。

だから妹は、自分が魔女であることを知られるのを極端に嫌がる。

そして、気にしてくれなくてもいいのに、僕たち家族に迷惑が掛かることを恐れるのだ。

魔女の家族だと皆に知られたら、妹だけでなく僕たちも周囲から白い目で見られる可能性がある。

僕たちはそうなったところで別に構わないと思っているし、何度もそう言っているのだけれど、いまいち妹の方は分かってくれないようだ。

身を縮こまらせて、人に知られないように、そろそろと日々を生きている。

そんなこと、僕たち家族の誰一人として望んでいないのに。

その思いが一番強いのが両親だ。

両親は、いつもどうすればヴィオラが幸せになれるのか必死に考えている。

だけど妹は強情で、その生き方を変えることをしない。

幸せになれるのならなって欲しい。家族がそう思っていることを分かろうとしてくれないのだ。

「そう、か……。私のことは何か言っていなかった？」

妹について思いを馳《は》せていると、王子が肩を落としながらも聞いてきた。

首を横に振る。

「いいえ、特には。妹にとってはもう終わった話なんでしょう」

「終わった話⁉　私は終わらせた覚えなんてないぞ！」

執務机から立ち上がり、王子が抗議してくる。そんな彼に静かに告げた。

「そう言われましても。殿下は妹に振られているんですから、終わった話というのは本当でしょう？」

「ぐっ……振られてない」

「振られましたよ。完膚なきまでに。生涯結婚するつもりはないと言っていたでしょう？　あれが全てです」

「……ヴィオラは本当に、一生結婚するつもりはないのか？　彼女は公爵令嬢だろう。そんなことが許されるのか？」

「……」

王子の言う通りだ。普通なら許されない。

貴族の娘というのは結婚することで初めて家の役に立つ、というのが貴族の基本的な考え方だから。

だが、ヴィオラにそれは当てはまらない。

だって妹は、魔女だから。

魔女でも結婚はできるが、結婚できたところでその後の生活は茨の道だろうし、そもそも妹が望まない。そして望まないのなら、僕たち家族が無理強いするはずもないのだ。

幼い頃に、使用人たちによって心を酷く傷つけられた妹を見ているだけに、結婚しろなどとは口が裂けても言えない。

似たような目に遭わないとも限らないと分かっているからだ。

「……父は妹の意思を尊重するつもりですから。なので殿下も諦めて下さい。妹ではなく誰か別の女性を――」

「嫌だ」

言葉を重ねるように王子が言う。

彼はこちらにやってくると、僕の目を見て言った。

「絶対に嫌だ。彼女を諦めたりしない」

「嫌だと言っても、妹は結婚しないと言っているんです。……好きな女性の気持ちを尊重するのが良い男だと思いますが」

「そんなことで良い男なんて言われたって嬉しくも何ともない。私は彼女がいいんだ。彼女以外は絶対に嫌だ」

何度も嫌だと繰り返す王子を見つめる。

その目を見れば、王子が本気であることはよく分かった。いや、本気なのは最初から分かっていたのだ。ただ、その気持ちに妹が応えられないだけで——。

「……殿下」

「嫌だ。彼女がいい。アドニス、私は生まれて初めて欲しいと思えるものを見つけたんだ。それを訳も分からずただ『結婚したくない』という理由だけで諦めさせられるのは納得できない」

ドン、と僕の執務机を叩く王子の目に光るものがあった。

それを見つけてしまい、何とも言えない気持ちになる。

だって、王子の言うことも分かるのだ。

好きだと求婚した女性に、ただ結婚したくないからという理由だけで拒絶されるとか、僕が同じ立場だったとしても納得できない。

もちろん妹に事情があることを知っているから、妹に対して酷いとは思わないけど、でも、真っ直ぐに気持ちをぶつけているのに何も報われない王子が可哀想だと思ってしまった。

だから——。

ため息を吐く。

妹の秘密を勝手に告げることには罪悪感があったが、それでも王子には知る権利があると思った。

だから覚悟を決め、口を開く。

「これ、ここだけの話にして下さいね。殿下だから話すのです。……妹は魔女です。だから殿下とは結婚できないと言っているんです」

「……えっ」

驚きに目を見張る王子に黙って頷く。

当たり前だがその目に負の感情は見当たらない。何せ王子は城に住む魔女ボロニアと仲が良いのだ。

だから妹が魔女だと言ったところで嫌な顔はされないだろうと分かっていたし、信じていた。

「……妹は幼い頃、魔女であるがゆえのトラウマを抱えました。自分を拒絶する者たちの冷たい視線を知っているんです。だから僕たち家族は結婚しろとは言いませんし、言いたくない。望まれて結婚したところで、周囲には大勢の人間がいるんです。きっと、多くの人たちが妹を遠巻きにするでしょう。あいつは魔女だと誹るでしょう。そうなる未来を知っていて、結婚しろなんて僕らは絶対に言いたくないんです」

嫁ぎ先で苦労するのが分かっていて、どうして妹を差し出せるのか。

妹だってそれを理解しているから、一生一人で生きていくと言っている。それは寂しいことだけど、妹がその方が平和に暮らせるというのなら、僕たちに文句を言う権利などないのだ。

「……魔女」

王子が呟く。彼はハッとしたように言った。

「もしかして……この間、ボロニアと一緒にいた魔女見習いって……？」

「現在、魔女ボロニアの他に登録されている魔女は、妹だけです。殿下が魔女見習いを見たというなら、それは間違いなく妹でしょう」

「……あの子がヴィオラだったの？」

「魔女見習いの妹は、魔女として活動する時は顔を隠しています。気づかなくても当然かと」

「……彼女が」

絶句する王子を見つめる。そうして告げた。

「そういうことです。これで分かってもらえましたか。妹が頑なに結婚を嫌がる理由が。魔女と結婚なんて周囲に良い顔をされるはずがないんです。それをヴィオラは身に染みて分かってる。あなたも、妹のことを想って下さるのなら、あいつの意を汲《く》んで諦めてやって下さい」

きっぱりと告げた。

王子のことは側近としてよく知っていて、妹を託すに問題のない人物だと分かってはいるが、それより僕は妹の意思を尊重してやりたいのだ。

妹が嫌だというのなら、話はそれで終わり。

王子には気の毒だが、これ以上、妹の心に負担を掛けるような真似はして欲しくない。

「……」

王子を見る。

彼は呆然とした様子で、その場に立ち尽くしていた。

妹は魔女で、だから自分を拒否していたのだと知り、驚いたのだろう。だけど王子は賢明な方だから、きっと分かって下さると思えた。

事情を説明すれば引いて下さる。そういう方だと知っているからこそ、僕も妹が魔女だと告げたのだから。

だが王子は頑なだった。ぐっと唇を噛みしめると、僕を見てくる。

「嫌だ」

「殿下」

「どうしてヴィオラが魔女だからという理由で私が彼女を諦めなければならないんだ。言っただろう。私は彼女が好きなんだ。彼女以外となんて絶対に結婚したくない」

「……妹は魔女なのに？」

「私は気にしない。別にヴィオラが魔女だからといって、彼女の何が変わるというわけでもないだろう」

「そういう問題ではないんですよ。……殿下だって魔女が置かれている現在の立場を知らないとは言わないでしょう？」

「それは……」

王子が言葉に詰まる。

そんな彼に僕は言った。

「だから、もし本当に殿下が本気だというのなら、妹が問題としているものを片付けて下さい。それができていない状態で口説いたところで、妹は永遠に頷きませんよ」

妹が周囲からの目を過剰なくらいに恐れているのは事実なのだ。これを何とかしない限り、王子をまともに見るとは思わない。

「……そう、そうだな」

厳しいことを言ったと思ったが、王子は素直に受け入れた。

何度も頷き、僕を見る。

「分かった。意地でもなんとかする。……アドニス、私は今から書庫と、あとボロニアのところへ行ってくるから後を頼んでも構わないか」

「魔女のところと書庫、ですか？」

「ああ。調べ物があるんだ。あと、ボロニアに聞きたいことも。……ヴィオラとの未来のために」

「……どうぞ。僕はしばらくここにいると思いますので」

「ありがとう。何かあったら呼びに来てくれ」

何かを決意したような顔で、足早に王子が部屋を出て行く。それを見送り、席に戻った僕は書類に目を落とした。

「……」

文字を読んでいるつもりが、全く頭に入ってこない。

厳しいことを言われてもめげることなく気持ちを切り替え、前に進もうとした先ほどの王子の姿が脳裏に焼き付いて離れなかった。

「僕とは全然違う……」

ポツリと呟く。

こちらに戻ってくる前、妹とやり合ったことを思い出す。

王子と向き合ってみればどうかと言った僕に、妹は「お兄様にだけは言われたくありません」と言い返してきた。

その目は鋭く僕を詰《なじ》っていて、言葉はまるで呪いのように今も僕の胸に突き刺さっている。

「だって……僕は運が悪いから」

言い訳するように言う。

昔から僕は、何をするにも運が悪いというか、間の悪いことが多く、器用な生き方ができなかった。

幸いにも王子はそれを分かって下さる方で、家族もそんな僕を仕方ないと思ってくれる優しい人たちだったのだけれど、ずっとそれに甘え続けていたのは事実だ。

僕にはリコリスという好きな人がいて、彼女に告白しようとこれまでずっと頑張ってきた。

ただ、やっぱり間が悪いことが多く、今まで幾度となく失敗してきたのだけれど。

だけど、先ほど妹に言われてギクリとした。まるで心の中を読まれたかと思ったのだ。

間が悪いことを理由にして諦めている、と。

……言い訳のしようもない。本当にその通りだった。

僕はずっとリコリスが好きで、彼女を振り向かせたくて頑張ってきたつもりだった。

だけど、妹の言う通りなのだ。

僕の悪い癖。

一度失敗すると、次に挑もうという気持ちが失《う》せてしまう。

すぐに立て直してもう一度、とはどうしたって思えないのだ。

『間が悪かった』を理由にして、逃げてしまう。後回しにしてしまう癖がある。

やっぱり駄目だった。じゃあまた今度。

ずっとそう言って逃げ続けていた。

妹が言っていた通り、リコリスとは互いになんとなく想い合っていることは察している。

だから焦る必要はないと、良いタイミングがあればその時こそと、そう高を括っていた部分もあった。

そのうち、何とかなるだろう。そんな風に軽く考えていたのだ。

でも、そんな都合の良い話はどこにもなかった。

余裕ぶって胡座をかいていた間に、彼女の父親は国王と話を進めた。気づいた時には彼女は王子の婚約者となることが決まっていたのだ。

あの時は本当にショックだった。

リコリスは己と結婚するものだと、完全に信じて疑わなかったのだから。

それが自分だけの思い込みに過ぎなかったと気づかされた。

でも、当たり前だ。

だってそもそも、僕は何もしていない。

好きとも言っていないし、リコリ人の親に彼女を欲しいとも告げていない。

そんな状況でずっと待っていてくれると、彼女と結婚できると何故思えたのか。

自分が愚かすぎて吐きそうだ。

幸いにも王子との婚約は回避されたが、いつまた同じような状況になるとも限らない。

自分からいかなければ、今のこの状況は打破できないのだ。

きちんとリコリスに己の気持ちを伝え、結婚して欲しいと言わなければならない。

たとえどんな邪魔が入ろうとも。

へたれている場合ではない。

妹が言った通り、何度失敗しようと、タイミングが悪かろうと、僕の気持ちを言葉にしなければならないのだ。

いつまでも逃げていては、今度こそ永遠にリコリスを失ってしまう。

それを嫌だと思うのなら——。

「……ははっ」

乾いた笑いが零れ出た。

本当に、よく王子やヴィオラに偉そうに言えたなと思ったのだ。

彼らなんかより、僕の方がよほど愚かなことをしているくせに。

「……」

唇を噛みしめる。

執務机から立ち上がり、窓際へと歩いていった。

空はもう真っ暗だ。小さな星が瞬いているのが見えるくらい。

暗闇の中に光る星。

時折闇に呑まれ消える星を見ていると、何とも言葉にしがたい気持ちに襲われる。

あの星はリコリスだ。見ているだけでは、他の者に奪われてしまう。

「……そう、だな」

取られたくないのなら動かなければならない。

いつまでも『次』と思っていてはいけないのだ。次なんてものは、いつだって簡単になくなってしまうものなのだから。

欲しいなら今、動け。

でなければ、今度こそリコリスは僕の手の届かないところへ行ってしまう。

見苦しくても構わない。

僕が馬鹿で愚かなことなんて、リコリスはとうに知っていて、それでも待ってくれているのだから。

「……」

気持ちを定める。

勇気を貰うつもりで、王子に買ってきてもらった茶葉の入った包みを執務机の引き出しから取り出した。

これを手土産にして、彼女に会いに行こう。
もう、逃げない。
妹に、王子に、顔向けできないようなことはしたくないから。
――大丈夫。今度こそ。
唾を呑み込む。
長く時間が掛かったが、今なら「愛している」が言えそうだと思った。

第五章　六日目

「あー……駄目。モヤモヤするわ……」

王子の求婚を撥《は》ね除《の》けた翌日、私は朝から己の気持ちを持てあましていた。

王子のことは吹っ切った。いくら優良物件でも彼と結婚なんてあり得ない。そう決めたはずなのに、彼の顔が時折脳裏を過《よぎ》るのがしんどい。

「……なんでよ」

結婚なんてしたくないと思っているのは事実だ。

私は魔女だから、魔女としてしか生きられない。王子の求婚を受けるなんてあり得ないのに、どうして彼のことを思い出し、そのたびに苦しい気持ちにならなければならないのか、誰か教えて欲しかった。

「……もう、やだ」

無意識に王子のことを考えている自分に気づけば、情けなくてため息も出るというもの。

きっと室内に引き籠もっているから、延々と彼のことばかり考えてしまうのだ。外に出れば、王子のことなど気にならなくなるに違いない。

「そう、そうね」

うん、とひとつ頷き、外出の用意を始める。

そういえば、先ほど兄が緊張の面持ちで、出掛けて行った。仕事に行く時の格好ではなく、正装。大きな薔薇の花束を抱えていたところを見れば、ついにあのへたれ兄もリコリスに求婚することを決めたのかと思ってしまう。

「上手くいくといいけど……って、上手くいくに決まってるわね」

あのふたりは両片想いなのだ。

しかも双方、互いに気持ちがあることを察している。プロポーズまで漕《こ》ぎ着ければ、断られることはないだろう。

リコリスの父親だって兄が本気で貰い受けたいと言えば、大喜びで頷くはず。

同じ家格の公爵家、しかも長男に嫁げるのなら万々歳だと思うからだ。

「ちょっと出掛けてくるわね」

近くを歩いていたメイドのひとりに、いつもの通り声を掛け、ふらりと外に出る。

こういう時、ひとりで出掛けられるから、魔女は気楽だ。

普段は厄介なことばかりで、滅入《めい》ってしまうことも多いけれど、今みたいな時は助かる。

誰だってひとりになりたい時はあると思うから。

変装カラーはいつも通りの茶色。

すでに王子に身バレしているので更に色を変えることに意味はないし、多分だけど、先日聞いた女性を探しているという二人組は王子と兄のことだろうと思うから。

ずいぶんと目立っていたと言っていたし、王子と兄の組み合わせなら……うん、目立つとしか言いようがない。

ふたりともわりと派手な顔をしているのだ。

兄は真面目系だが地味ではないし、王子に至っては、女性に騒がれそうな正統派の美形だ。

「今日はどこへ行こうかしら」

考えながら、とりあえずサニーロードに足を向ける。

どこに行くにしても大通りからだと行きやすい。そう思ったからだ。

だけど、今日ばかりは失敗だったかもしれない。

サニーロードを歩き出してすぐ、正面からとても知っている顔が私を認め、輝いたのを見てしまったから。

「ヴィオラ……！」

「……うわ。またいる」

令嬢らしからぬ声が出たのは許して欲しい。

だけどまさか三日連続で彼に会うことになるとは思わなかったのだ。

私に気づいた彼が嬉しげに駆け寄ってくる。当たり前だがその側に兄はいない。どうやら今日はひとりで町まで出てきたようだ。

「なんでいるのよ……王子でしょ」

王子は忙しいのではなかったのか。そして、髪や目の色を変えているとはいえ護衛も連れずひとりで町をぶらついて大丈夫なのか。

王子と私では事情が違いすぎる。思わず、周囲を見回したが、護衛らしき人物は見あたらず、こめかみを押さえた。

そんな私に王子が話し掛けてくる。

「どうしたの？　こめかみを押さえて。頭でも痛い？」

「ある意味痛いですね。……護衛は連れていないんですか？」

「うん。その代わり、ボロニアにお願いして、加護の魔法を掛けてもらっているよ」

「……ああ、なるほど」

確かによく見れば、王子の身体には師匠の魔法の気配が残っていた。

加護の魔法。それは魔女が使う、対象を物理攻撃から守る魔法だ。

「どうしてももう一度君と話したくて、人目を忍んで出てきたんだ……。屋敷を訪ねようかと考えていたところだったから、会えて良かったよ」

「ひえっ……」

恐ろしい話を聞き、青ざめた。

王子に訪ねてこられた日には、両親にも今回の話を知られるだろうし、もっとややこしいことになりかねない。

今は兄が黙ってくれているようだから屋敷でも穏やかに過ごせているが、さすがに王子に求婚されたと聞けば、両親だって無視はできないだろう。

ふたりが私の意思を尊重してくれることは疑っていないが、心配を掛けるのは本意ではないのだ。

「……いらっしゃらなくて本当に良かったです……」

外に出ていなければ王子が訪ねてきていたのかと思えば、散歩しようと思った私、偉かったと思ってしまう。

ギリギリのところを回避したのだと気づき、冷や汗が出る。だが王子はニコニコとしていて、私が焦っていることにも気がついていないようだ。

「殿下……」

「その殿下っていうの、止めてよ。口調も敬語になっちゃったし」

「それは……どなたなのか分かっていて、友達口調で話すことなどできませんから」

「今まで散々普通に話してきたのに、今更だと思わない？」

「思いません」

「えー、ヴィオラって意外と堅い？」

「……普通だと思いますけど」

ヴィオラ、と当たり前のように名前を呼ばれ、ドキッとした。

そうだ、彼はもう私が誰なのか知っているのだ。そしてそれは私も同じで。

何とも言えない気持ちで王子を見上げる。私の視線に気づいた彼はにこりと笑った。

「何？」

「いえ、なんでもありません。それで、何のご用ですか？」

「うん、ちょっと、話があって。……少しいいかな」

真剣な顔で言われた。

よほど大事な話なのだろう。わざわざ私を探していたということだし、ここで聞かないと言い張って、あとで屋敷を訪ねられたらその方が困る。そう思った私は、降参の気持ちで頷いた。

「分かりました」

「ありがとう。ええと、ここは人通りが多いから……路地に入っても構わない？　嫌なら別の場所を考えるけど」

「大丈夫です」

大事な話なら他人に聞かれたくないだろう。路地と言われ一瞬迷ったが、嫌なら別の場所でもいいと言ってくれた王子を信じることにした。

近くの細い路地に入る。大通りとは違い、暗くジメジメしている。幸いにも誰もいないようで、そのことにホッとした。

「ここでいいかな」

「はい」

返事をし、彼に向き合う。

彼は私を見つめ、ゆっくりと口を開いた。

「まずは昨日のこと、謝らせてもらえるかな。皆のいる前で突然求婚してしまったこと。求婚場所としては最低だよね。でも、私の気持ちに嘘はない。今も君を妃に迎えたいと思っている」

なるほど、と頷く。

さすがに昨日の己が拙いことをしたという自覚はあるようだ。

でも――。

「場所を考えずに突然求婚と言うのなら、三度目では？」

「えっ⁉」

「それとも本屋と一昨日のお出掛けでの話は、なかったことにした方がいいですか？」

そう言うと、彼は焦ったように口を開いた。

「だ、駄目だよ！　いや、その確かに……ちゃんとした告白なんてしたことなかったね。我ながら情けないし恥ずかしいな、もう……」

誤魔化すように咳払いをする王子の耳がほんのり赤く染まっている。その様子に少しほっこりした気持ちになった。

「……いいんじゃないですか。そういうのを気にしすぎて自滅している人をよく知っていますし。チャンスがあろうがなかろうが、とりあえず伝えるというのは大切だと思いますよ」

「……アドニスのことだね。すごくよく分かるよ」

「ええ。兄はへたれですので」

王子と兄のことについて話すというのも変な感じだ。

そう思いながらも口を開いた。

「殿下」

「何？」

こちらを見てくる王子に、私は姿勢を正し、令嬢らしく頭を下げた。

「昨日は私も褒められた態度ではありませんでした。申し訳ありません。ですが、私の気持ちは昨日告げた通りで、今も変わりません。……殿下の求婚には応えられません」

「どうしても駄目かな。私はヴィオラでないと嫌なんだけど」

「申し訳ありません」

いくら言われても私の答えは変わらない。

頭を下げたまま謝罪の言葉を紡ぐと、ふうと息を吐く音が聞こえた。

「……ねえ、それってヴィオラが魔女だから？」

「っ⁉」

反射的に顔を上げる。

王子と目が合った。彼は穏やかな瞳で私を見ていて、馬鹿にしたり侮ったりしていないことはよく分かった。

彼は、別に悪い意味で『魔女』という言葉を出したわけではない。それを理解し、深呼吸をした。

「……兄が言ったんですね」

私が魔女だと知っているのは、師匠とリコリス、そして家族だけ。

状況的に、兄が話したと見るのが妥当だろう。

「……うん」

気まずそうに王子が頷く。そんな彼に私は緩く首を横に振った。

「大丈夫ですよ。殿下が魔女を差別するような方でないのは知っていますから。それに兄が言ったのなら、理由がちゃんとあったはずです」

「……私がどうしてもヴィオラを諦めたくないと言ったから、かな。ヴィオラには私の求婚を受けたくない理由があるんだって、それで教えてもらった」

「そう、ですか」

「その……私が言うのも違うのかもしれないけど、アドニスを怒らないでやって欲しい」

王子が目を伏せる。それに私は頷いた。

「もちろんです。兄は意味もなく私の秘密を言うような人ではありませんから」

「……うん」

王子が頷く。そうして小さく笑いながら言った。

「あの魔女見習いはヴィオラだったんだね」

「あの、というのがどこを指すのかは分かりませんが、現在魔女見習いは私だけですからね、そうだと思いますよ」

「二日前、ボロニアと一緒にいたね」

「はい」

穏やかな気持ちで会話を続ける。

だけどどこかがっかりしている己にも気づいていた。

多分、私は王子に魔女であることを知られたくなかったのだ。最後のその時まで、普通の女の子として扱われたかった。そんなことに今更気づき、動揺した。

——私、何を考えているの。

普通の女でありたかった……なんて、まるで王子に気があるようではないか。

彼とどうこうなる気は微塵《みじん》もないというのに、相反する気持ちに挟まれ、どちらが本心なのか分からなくなりそうだ。

王子と話す。

私が魔女と知っても彼の態度は変わらない。

当たり前だ。彼は元々魔女に偏見がない人なのだから。

それは嬉しいけれど、だからこそ余計に苦しくなってくる。

この優しい人に、何度でもノーを告げなければいけない事実が辛いのだ。

結婚は本人たちだけの問題ではないから。

魔女は大勢の人たちに嫌われる存在。それを事実として知っているだけに、近い未来、国の頂点に立つ彼の手を取れない。

絶対に無理なのだ。

「……殿下。やっぱり私にはあなたの手を取ることはできません。私が魔女だと分かって下さったのなら、これ以上理由を説明する必要はないでしょう？」

改めて告げる。

魔女として生まれたのは私にはどうしようもないことで、あの幼い日の事件から割り切って受け入れていたつもりだったが、ここに来てある意味初めて自分が魔女であることを悲しく思った。

自由に恋愛をすることすら許されない自分。

どうして私は魔女なのか。

魔女でさえなければ、もしかしたら私は今頃、彼の求婚をときめきと共に受け入れられていたかもしれないのに――。

こんな情けないことを考えたくないのに、次から次へと未練たらたらの言葉が浮かび上がってくる。それを振り払うように彼から離れた。

「すみません。そういうことですので、私は失礼させていただきますね」

これ以上彼に関われば、きっと私はもっともっと苦しくなる。それが分かっていたからそう言った。だけど――。

「待ってよ」

彼の手が私の手首を摑む。行かせないとばかりに彼の方へと引き寄せられた。

「ちょ……」

何をするのか。

抗議しようと口を開くと、それより先に彼が言った。

「君が魔女だからというのはよく分かった。だけど、それが私の気持ちを撥ね除ける理由になるとは思えないよ。だって私は君が魔女でも構わないと思っているのだからね」

「殿下。私が言っているのはそういうことではなく――」

私が問題としているのは私個人の話ではなく周囲の反応なのだ。だが、彼は引かなかった。

「ねえ、ヴィオラ。自分の気持ちを押しつけるだけ押しつけて逃げるのは違うんじゃないかな。君の説明では私は全く納得できないし、諦めることなんて到底できないよ。このまま君が逃げても、私は追いかけ続けるって自信しかないし、王城で会ったら積極的に話し掛けるよ。別に周囲になんと思われようと構わない」

「っ！　だから！　そういうところが――」

困るし、嫌なのだ。

ギッと彼を睨み付ける。だが、王子は全く怯《ひる》まなかった。それどころか堂々と言ってくる。

「ねえ、覚えてる？　一昨日の話。一昨日、君は約束してくれたよね。別れ際、もう一度会えたら、またデートしようって。その約束を守ってくれないかな」

「デートって……」

確かにその言葉に覚えはある。

名乗りたがらない私に王子が言ったのだ。次にまた会えたら名乗り合ってデートしよう、と。それに対し私は「勝手にすればいい」と答えた。

「……はっきりＯＫとは言っていませんが」

「あんなのＯＫみたいなものだよ。ね、魔女ともあろうものが約束を破るの？　そういうのってあまり良くないんじゃないかな」

「……」

「あと、デートしてくれたら、今後王城で見かけても無理に付き纏わないって約束するよ。それでどうかな」

「……えっ」

「君に迷惑を掛けるような真似はしないってこと。……どう？」

王子の提案に、少し考えた。

デートの約束云々については、正直一言言わせてもらいたいところではあるが、付き纏わないという約束を取り付けられることについては一考の余地があると思ったのだ。

だって今後も王子とは嫌でも顔を合わせることになる。その時、今みたいな感じで来られて、周囲の人たちに知られたら……うん、色々な意味で私の人生が終わるような気がするから。

「……分かりました。いいですよ」

今後の平穏のためだ。

今日一日付き合えばこの先平和に暮らせるというのなら、頷かないという選択肢はない。

「本当⁉　ありがとう！　駄目元で言ってみるものだね！」

パアッと顔を輝かせ、王子が笑う。

どうやら駄目元でごねただけだったらしい。何だかなあと思ったが、それだけ彼が必死だったのかと思えば、それ以上文句を言う気も失せてしまった。

まあいい。これが最後だ。

このデートが終われば、もう私は王子に関わらない。

王城でも王子と魔女としての適切な距離感で過ごせるのなら、それでいいのだ。

「で、どこへ行きますか？」

決まったからにはさっさと済ませてしまおう。

そう思い、気持ちを切り替えると、王子は笑顔で言った。

「是非案内したい場所があるんだ。そこへ行っていいかな」

「構いません」

特に行きたい場所もなかったので頷く。

行き先を尋ねなかったのは、変なところに連れて行かれる心配をしていなかったからだ。

王子が信頼に値する人であることは、この数日でよく分かっているし、何かあっても最悪、魔法を使えば何とかなるという自信もあったから。

「じゃ、行こうか」

王子に促され、頷く。

彼の側に行くと、王子はゆっくりと歩き出した。少し後ろを歩こうとすると、彼から駄目出しが入る。

「ストップ！　デートなんだから隣を歩いて欲しいな」

「え、ですが」

王子の隣を歩くとか、身分を知ってしまったあとでは不敬ではないかと思ってしまう。だが王子は嫌そうに言った。

「そういうのは要らないよ。手を繋いで欲しいとまでは言わないから、隣を歩いて欲しいんだ。それに、一緒にいるのに後ろを歩いていたら、周囲から見たらすごく不自然だと思うんだよね」

「それは……分かりました」

確かに一理ある。

納得した私は、王子の隣に並んだ。王子がウキウキとした口調で言う。

「うん。それがいい。あと、デート中だからさ、敬語も止めて欲しいな」

「……分かったわよ」

もうここまで来れば、何でもいい。

デートなんて今日だけのことなのだ。

前と同じように敬語を崩すと、彼はますます表情を綻ばせた。

「ありがとう」

「別に。でも、今日だけのことだからね」

「うん、分かってる。あ、あと、もうひとつお願いがあるんだけど」

「……まだあるの?」

いくつ要望を出してくる気だと思いながら彼を見る。彼はもじもじと恥ずかしそうにしながら口を開いた。

「その……名前を呼んで欲しいんだ。呼び捨てで。ほら、今はデート中なわけだし、殿下って呼ばれると私の正体もバレてしまうと思うんだよね」

「……そうかしら。殿下だろうが、フェンネルだろうが、バレる時はバレると思うけど」

「そんなことないよ。よくある名前だし、誰も気づかないって」

「……」

フェンネルという名前が一般的かどうかまでは分からないが、確かに王族だけに許された名前とかではない。それに、今日で終わりなのだから、わがままを聞いてあげてもいいかという気持ちがどこかにあった。

「分かったわ。それで？　これ以上要望はないのね？　これ以上の後出しじゃんけんは止めてよ？」

「うん、大丈夫」

一応確認すると、王子は大きく頷いた。

サニーロードに戻り、迷う様子もなく右側に曲がる。そうして私を振り返り、笑顔で言った。

「ヴィオラ、行こう。こっちだ」

「……ええ」

その笑顔が眩しいなんて思ってはいけない。

一瞬、ときめきそうになった己を叱咤する。

今日デートするのは、きちんとこれでおしまいにするためなのだ。

自分に言い聞かせ、彼の隣に並んで歩く。

目的地までは少し距離があるようで、雑談を交わした。

特に盛りあがったのは兄とリコリスの話だ。

私にとっては兄と親友。王子――フェンネルにとっては、側近と元婚約者候補。

どちらにとっても、無関係どころか、かなり深い関係がある人たちなので、自然と会話が弾む。

「お兄様って肝心なところで、強く出られないのよね。へこみやすいし、もう少し自分に自信を持ってくれるといいのだけど」

ぼやくように言うと、フェンネルが苦笑する。

「うーん、厳しいな。アドニスは優秀なんだけどね。ただ、私から見ても運が悪いなとは思うかな」

「そうなの。昔から間が悪くて、そのせいで何度も告白に失敗してるのよ」

「告白って、リコリス嬢かい？」

「ええ。昔から好きなのにいっつも告白しようとしては失敗して。さあ告白って時にお茶をひっくり返すなんて日常茶飯事。間が悪いにドジまで加わるから、本当にどうしようもないのよね」

「そうか。……リコリス嬢もアドニスを？」

「ええ、ふたりはお互い気持ちを察している両片想いなの。私からしてみれば、さっさとくっつけって言いたくなるんだけど」

「知らなかったとはいえ、アドニスには申し訳ないことをしたな……」

「婚約者候補の話？　別にフェンネルは悪くないでしょ。あれはスノウ公爵と陛下が決めた話なんだから」

フェンネルを恨むのはお門違いだ。

婚約の話を詰めたのは親であり、フェンネルもリコリスも関係ない。

「ただ、王侯貴族の結婚って、分かっていたけど世知辛いなとは思ったわ。明らかに想い合っている相手がいるのに別の相手と、なんてね」

「アドニスはスノウ公爵には話をしなかったんだよね？」

「ええ。お兄様はリコリスに告白することに必死で、多分、スノウ公爵に話をすることまで頭が回っていなかったんじゃないかしら」

「回っていなかったというか、先に告白したかったとは聞いているけど……。うん、それならリコリス嬢の方はどうだったんだい？　彼女の方からスノウ公爵に話をしても良かったと思うんだけど」

「駄目。リコリスは、愛されたい願望が強い子だから自分からというのは嫌なの。お兄様から求婚されるのを大人しく待つ。その選択肢しかなかったのよ」

「……で、スノウ公爵は気づかなかった、と」

「ふたりが両片想い同士ってことも知らないみたいだし。そもそも昔から家族ぐるみの付き合いがあるのよ。そのせいか公爵様ってうちに対する身内認識が強くて、娘の結婚相手として兄を見ていないみたいなのよね」

「それは……」

「ただ、兄のことは気に入っているから、兄がきちんと挨拶に行けば話は聞いてくれると思うし、すぐに結婚という話になるのではないかしら。リコリスも望んでいることだし」

「……これだけお膳立てされている状況で、アドニスは動けていないのか」

「動けていないというか、自分の運の悪さに絶望しているみたい。行動を起こそうとしても『また失敗した』となって、次に動くまで時間が掛かるのよ。失敗してもめげずに動けば全部上手くいったと私も思うけど、お兄様にとっては、それは難しいことだったみたい」

「なるほど……」

私の説明を聞き、フェンネルが深く頷く。

兄をよく知っている人だから、話しても変な誤解が生まれることはない。それがすごく楽だった。

フェンネルがしみじみと告げる。

「知らぬこととはいえ、結果として邪魔をしてしまったわけだし、ふたりが幸せになってくれるといいな」

「私もそう思うの。結ばれるのに何も問題のないふたりなんだもの。幸せになって欲しいわ」

心から同意する。

魔女という問題を抱える私とは違い、あのふたりには何にも問題がない。

だからこそ幸せになって欲しかったし、幸せになったところを見せて欲しかった。

私には望めないものを手に入れるふたりを見て、ああ、良かったなと思いたいのだ。

「全てはお兄様の頑張り次第だと思うのよね。リコリスも告白されれば受けるつもりでいるし。本当、失敗なんて気にせず、何度でも挑戦して欲しいわ。頑張れば幸せになれるって分かっているんだから」

気兼ねなく家の話ができることが嬉しくて、自然と口も軽くなる。

彼は私の事情を全部知っているので、何を話してもいいというのは楽しかった。

そうして話しているうちに気がつく。

「あ、もしかして、この間、ウェイントン・ローズで話していた友人って、お兄様のことだったの？」

友人の代理で、彼が茶葉を買ったことを思い出したのだ。

その時彼は、確か友人の想い人のために茶葉を買うのだと言っていた。

指摘すると、フェンネルは気まずそうに頷く。

「実は……うん」

「ということは、友人の好きな人って……リコリスかしら」

「その通りだよ」

王子がわざわざ兄のためにリコリスに渡すお茶を買っていたと知り、苦笑した。

彼なりに、ふたりに協力しようと頑張っていたことに気づいてしまったからだ。

「……私もね、あの時リコリスと飲むためのお茶を買っていたのよ。知らなかったとはいえ、同じ人物のために茶葉を探していたなんて変な感じね」

「そうなの？」

「フルーツティーはリコリスが特に好きなのよ。彼女は甘いお茶を好むから。ただ、あの時は、私の好みを優先したけど。……実は、候補にあなたの買った茶葉があったの。かぶらなくて良かったわ」

ではないか。

別にリコリスは嫌がったりしないだろうが、せっかくなら同じものではなく違うものをあげたい
私の言葉にフェンネルも同意する。

「危なかったな」

「リコリスは気にしないと思うけど、なんとなくね」

「分かるよ」

「それで、その茶葉はどうなったの？　お兄様に渡した？」

プレゼントの行方が気になり尋ねると、彼は頷いた。

「渡したよ。プレゼントすると言っていたけど……」

「そう。じゃあ、今日渡すのかしら。実は今日、お兄様が薔薇の花を抱えて出て行くのを見たから」

「え⁉」

驚いたようにフェンネルが私を見る。私は大きく頷いた。

「ええ、今日こそお兄様は決めるつもりなのよ。私はそう思っているし、もし違っていたら、屋敷から叩き出してやるって決めているわ」

鼻息も荒く告げると、彼は目を見開いた。

「それは……過激だね」

「きっとこれが、最後のチャンスだと思うもの。求婚できるまで帰ってくるな、くらいは言いたい

わ。私、お兄様もだけど親友にも幸せになって欲しいから」

できるのなら、好きな人と結ばれて欲しい。

ふたりにはその可能性が十分すぎるほどあるのだから。

「そうだね」

フェンネルが優しい笑みを浮かべる。

「上手くいくといいね」

「いくに決まっているわ。それ以外の結末なんて認めないもの」

「うん。私もそう思うよ」

兄とリコリス。ふたりが幸せに笑い合うところを想像し、頷く。

きっと幸せなふたりを見れば、私も幸福のお裾分けを貰えるだろう。

リコリスたちの話をしたあとは、同じく共通の知り合いである師匠の話になった。

フェンネルが師匠と仲が良いのは師匠から聞いて知っているので、話題になっても不快な気持ちにはならない。

というか、フェンネルが想像していた以上に師匠に懐いていた事実に驚いた。

「ボロニアには小さい頃からずいぶんと世話になっているんだ。私のことを王子としてではなく、ひとりの人間として接してくれた。今もそれは続いていて、だから私は彼女のことがとても好きだし、尊敬しているんだよ」

「へえ」

「ただ望まれたことだけをこなす面白みのない人生だけど、彼女と出会えたことは本当に幸運だったと思ってる。ヴィオラと会えたのだってボロニアのお陰だからね」

「師匠のお陰？」

どうしてそうなるのか。

首を傾げると、フェンネルは言った。

「婚約予定日前日に、少しくらい外の世界を見て来たらどうかって、色替えの薬をくれたんだ。そんなつもりもなかったんだけどね。ボロニアが勧めてくれるのならって外に出た。そこで君と出会ったんだ」

「……ああ」

なるほど、それで普段は外に出てこない王子が、あんな場所にいたのか。

きっと師匠は、皆の望むように振る舞うことしかできないフェンネルを可哀想だと思ったのだろう。だから、少しでも自由を教えたくて薬を渡した。

師匠からはよく王子の話を聞いていたので、彼女がことのほか王子を気に掛けているのは知っている。

今の話も師匠ならやるだろうなと納得できた。

「そういうことだったのね」

「出てきたはいいものの、どこに行けばいいのかも分からなくて、なんとなく本屋に入ったんだ」

その時のことを思い出しているのか、フェンネルの表情が柔らかいものになる。

「そこで、魔女について書かれた本を見つけて――」

「あの本ね。びっくりしたわ。あれ、魔女側の視点で書かれたものでしょう？　わざわざそんな本を買おうとする人がいるとは思わなかったから」

「ボロニアのことをもっと知りたかったんだ。エインリヒの凶行については、家庭教師からも習ったし、それこそ本にも目を通した。自分でも調べたし、ボロニアからも少し話を聞いたよ。でも、あの本は見たことがなくて。せっかくの出会いだから購入しようと思ったんだよ」

「そうなんだ」

「ヴィオラは読んだ？」

「ええ。子供の頃の話だけど。師匠からエインリヒの凶行についての話を聞いた直後だったから、震えながら読んだことを覚えているわ。私もこんな目に遭ってしまうのかって思ってね」

子供の頃を思い出す。

エインリヒの凶行について教えられたのは、魔女として目覚めて半年ほどが経った頃だった。

ボロニアが子供の頃に実際に体験した話として聞かされたのだけれど、それは想像以上に恐ろしく、私は一週間ほど、悪夢を見た。

「エインリヒ侯爵の館でどんな非道なことが行われていたか。人間として扱ってもらえず、同じ魔女たちが次々と死んでいくのを見るだけしかできない絶望がどんなに恐ろしかったか。地獄から助け出された時、どれほどホッとし、同時に人に対してどれほどの恐怖を覚えるようになってしまったか。師匠から聞いた話はどれも怖かったし、だけどとても勉強になったわ。こういうことが自分にも起こりうる可能性がある。だから気をつけなければならないって強く思ったもの」

師匠に教えられた出来事を思い出しながら告げるとフェンネルは首を傾げた。

「私にはそこまで教えてくれなかったけど。やっぱり同じ魔女だから注意喚起の意味もあったのかな」

「多分ね。今、魔女は私と師匠のふたりだけしかいないもの」

昔は数年にひとり程度は生まれていたという魔女。

けれど私が生まれて以降は、ひとりも生まれていない。

いや、もしかしたらどこかにいるのかもしれないが、少なくとも国に保護されてはいないのだ。

そうなったのは、あの『エインリヒの凶行』が起こってから。

師匠は「あんなことがあったから、神様が魔女を送り出すのを躊躇《ちゅうちょ》しているのかもしれないね」なんて言っていたが笑えない話だ。

魔女は嫌われ者ではあるが、国にとっては貴重な人材。

魔女がいるだけで周辺国に対する威嚇《いかく》材料になるし、魔女の作る薬は貴重だ。

魔女はマグノリアにしかいない。だから各国は目の色を変えて、マグノリアと交渉するのだ。

とはいっても、一般国民にはそんなこと関係ないのだろうけど。

自分の生活とは直接関係ないから、余計に魔女を恐れ嫌うのだ。

自分たちと違う気持ちの悪い存在なのに、国に優遇されている。

そう思うのは特に貧しい層で、魔女を忌み嫌っているのもこの層の人たちが多い。

嫌な話だけれど、豊かになればなるほど、魔女という存在を正しく認識してくれる人が増えるのだ。

「……」

「何？」

フェンネルがじっと私を見ていることに気づき、眉を寄せた。

「いや、このままではいけないなと改めて思っただけ。魔女の扱いもそうだし、魔女が生まれない現状も、このまま放置しては駄目だなって。だって私たちの国は魔女の存在に守られているのだから。もっと皆にそのことを周知する必要があるし、知るべきだと思うんだ」

「……」

真面目に語るフェンネル。彼が本気で言っているのは明らかだ。

彼は私たちのことを正しく理解し、そしてそれを正しく広めようと考えてくれている。

今まで、周囲にそういうことを言ってくれる人はいなかったので新鮮だったし、声音がとても真剣だったこともあり、否応なしに心を動かされた。

——駄目なのに。

彼を意識したところで、私の結論は変わらない。それなのに、彼と話すたび、彼に惹かれていく。

今も、魔女について真面目に考えてくれている彼に好印象を抱いた。

全く無意味だ。分かっているのに彼に気持ちが傾いていくのを止められない。

——厄介だわ。

そもそも話していて楽しいというのが一番問題なのだと思う。

家族やリコリス以外の人間と、こんなに楽しく話せるなんて思ってもみなかった。もっと話したいし、彼がどういう考えを持つ人なのか知りたいと思う。

そしてそう思う自分に気づくたび、自己嫌悪に陥るのだ。

何を楽しんでいるのか。彼を受け入れないと決めたのは自分自身なのに――。

「ヴィオラ?」

「っ! な、何?」

複雑な気持ちになっていると、フェンネルが声を掛けてきた。慌てて返事をする。

「ど、どうかした?」

「いや、急に黙り込んでしまったからどうしたのかなって思って」

「何でもないわ。気にしないで」

「そう?」

「ええ」

彼に好感情を抱いていることなど、絶対に知られたくない。

「え、ええと、目的地はまだなのかしら」

これ以上同じ話題を続けられるのも嫌だったので、話題を変える。

私の気持ちを察してくれたのか、フェンネルは話に乗ってくれた。

「もうすぐだよ。……ああ、ほら、見えてきた。あの建物」

「あれって確か……」

遠くに見える背の高い建物をフェンネルが指さす。屋根の形が丸くなっているとても特徴的な建物。あれは王立美術館だ。

三十年ほど前、当時の技術の粋を集めて建てられた施設。中には百年以上前の画家の作品など、貴重なものがいくつも展示されている。

それらは、王族や貴族が寄贈したものばかり。

展示された作品には、寄贈主の名前が添えられることもあって、開館当時は、それこそ毎日のように寄付を申し出る貴族がいたらしい。

こんな素晴らしい作品を私は寄贈したぞという貴族同士の醜いマウント合戦になったのだ。そのお陰で美術館に集まる作品はどれも驚くほど希少価値の高いものにはなったようだけど。

私も何度か父と一緒に来たことがあるし、何なら父には、私が寄贈した作品はこれだと満足げに説明された。個室に展示された作品を示した父が鼻高々だったことを思い出せば、貴族というのは往々にしてそういうものなのだろうと思う。

「美術館？」

「うん。嫌い？」

「嫌いではないわ。私も何度か来たことがあるし」

芸術鑑賞は貴族の嗜《たしな》みでもあるし、美しいものを見るのは純粋に楽しい。

「ああ、公爵も何点か絵画を寄贈していたね。それを見に行ったの？」

「そう。美術館自体は一年ぶりくらいかしら」

話しながら美術館の入り口まで行く。

美術館には多くの警備兵がいた。貴重な作品を展示しているのだからそれも当たり前だろう。

美術館は国民の誰もが楽しめるようになっていて、入り口は開け放たれている。ただ、危険なものの持ち込みは禁止されているので、ボディーチェックと持ち物チェックはきっちりとしていた。

「どうぞ。楽しんできて下さい」

警備兵の言葉に「ありがとうございます」と答える。

どうやら彼らは王子が来ていることに気づいていないようだ。髪と目の色が違うだけで気づかないのか、とも思うが、眼鏡もあるし、印象は大分変わるだろう。そもそも王子が変装して来るなんて考えもしていないのだろうなと思えば、気づかないのも仕方ないような気がした。

「……」

美術館の中へと入る。

久々の美術館は、人の数も少なく、厳粛な雰囲気が漂っていた。

館内で走るような子供もいない。皆、静かに作品を鑑賞しているようで、なんだか気持ちが引き締まる。

「……」

「ごめん。こっちに来てくれるかな」

「えっ……？」

最初の展示物である『農作業をする乙女』と題された絵画を見ていると、フェンネルが手招きしてきた。

彼がいるのは『関係者以外立入禁止』と書かれた扉の前だ。どういうことかと思いつつもそちらに行く。

「何？」

小声で返事をすると、彼は「見せたいものはこっちにあるんだ」と同じく小声で返してきた。

周囲を見回し、誰も見ていないことを確認してから扉を開ける。中へ入っていく彼を慌てて追いかけた。

「ちょ、ちょっと……勝手に入っても大丈夫なの⁉」

「平気。私はれっきとした関係者だからね。美術館の館長にも許可を貰っているから気にしなくていいよ」

「そ、そう……それならいいんだけど。え、私は？　私も連れてきていいの？」

「ヴィオラひとりくらいなら大丈夫」

そう言いながら、フェンネルが通路を歩いて行く。

美術館の裏側なんて来たことがなかったからドキドキした。

フェンネルは大丈夫だと言っているが、本当に平気だろうか。警備兵に見つかったらどやされるのではと不安だ。

「フェンネル……」

「大丈夫だって。あ、こっちの部屋」

フェンネルが私を連れてきたのは、通路の奥側にある部屋だった。頑丈そうな扉があり、錠前がついている。

「フェンネル、鍵が……」

「持ってるから問題ない」

「あ……」

ズボンのポケットから、彼が鍵らしきものを取り出した。

慣れたように錠前を外す。その様子から、彼がここにかなりの頻度で出入りしているのだと分かった。

別に嘘を吐いていると思っていたわけではないが、本当に許可を貰っていることにホッとする。

不法侵入なんて冗談ではないのだ。

「開いた。はい、中にどうぞ」

「……お邪魔します」

なんとなく『お邪魔します』と言ってしまった。

フェンネルが笑っている。ちょっと恥ずかしい。

「もう、笑わないでよ」

「ごめん。でもなんだか可愛いなって思ってしまって。悪い意味で笑ったんじゃないから許してよ」

クスクスと笑う彼の瞳は優しい色を湛（たた）えている。それに気づき、全身がカッと熱くなったような気がした。

妙に照れくさく、恥ずかしい。

この変な空気を払拭したくて、フェンネルに聞いた。

「で？　あなたが連れてきたかったのってここなの？」

「うん、そう。ほら中に入ってよ」

「……ええ」

背中を押されるようにして室内へと足を踏み入れる。

まずは柔らかな絨毯《じゅうたん》の感触に驚いた。

部屋の中にはたくさんの絵が飾られていたが、その絵が誰を描いたものなのか、説明されなくてもさすがに分かった。

これは——。

「驚いた？　もう分かっただろうけど、これ、初代から先代までの国王夫妻の肖像画なんだ」

「……」

圧巻の光景だ。

彼の言う通り、様々な時代の国王夫妻の肖像が、部屋中の至るところに飾られている。

「……」

「元は城に仕舞われていたものなんだけどね、美術館ができてから、こちらを保管場所にしたんだ。温度管理もしっかりしているし。ちなみにこの部屋には王族か、特別に許可された者しか入れない」

「……えっ、私は⁉」

「私が許可したから、特別に許可した者に入るでしょ。問題ないよ」

さらりと言ってくれるが本当にそれでいいのだろうか。でも入ってしまったものは仕方ない。

それにこんな近くで歴代の国王夫妻の肖像画が見られるなんて、普通ではできない体験だ。

「……すごい」

「元々、謁見の間に飾られていた絵だからね。謁見の間にはその時代の国王夫妻の肖像画が飾られるんだけど、役割を終えたものがこちらに保管されている」

「そう……なの。でもそれこそ国民に見てもらえばいいのに」

どの絵も素晴らしいものだし、まさに美術館に飾られるに相応しいと思う。

だが、フェンネルは首を横に振った。

「それは難しいみたいだよ。私も同じことを思って父上に聞いたことがあるんだけど『まだその時ではない』と返された覚えがある」

「まだその時ではない……どういう意味なのかしら」

「さあ？　そこまでは教えて下さらなかったから」

「そう」

国王が秘密にするものを知りたがるのは良くない。そう思い、それ以上聞くのは止めることにした。

代わりに、飾ってある絵を眺めさせてもらうことにする。

せっかく連れてきてもらったのだ。美しい肖像画を堪能したいと思った。

「あら、この肖像画……」

一際目を引く、肖像画があった。

金髪碧眼の美丈夫と、その隣で微笑む同じ色彩の女性。

――第十五代国王、クローバーとその妃ジルコニア。

肖像画の下にはそう書かれてあった。

「クローバー国王……」

マグノリア歴代国王の中でも一番と言っていいほど有名な国王の名前だ。

彼の名前は、それこそ小さな子供でも知っているくらい。

このクローバー国王は賢王と名高く、子宝に恵まれたことでも有名だった。

王妃との間に、子供が五人。しかも全員成人している。

マグノリア王家は、昔から何故か子供がなかなか成人しないことで知られていて、理由は明らかにされていないが、ふたりにひとりは成人できず、亡くなってしまうことが多いのだ。

それは今も続いていて、フェンネルにも本当はふたり兄弟がいたといえば、分かるだろうか。

無事、成人したのは彼だけなのだ。

そんな家系の中、クローバー国王の子供たちは全員天寿を全うした。当時、もちろん今もだが、それはかなり稀有《けう》なことことされ、さすが賢王の子は生命力も強い、なんて持て囃《はや》されたらしいけれど。

彼は同時に愛妻家としても有名であり、愛妾《あいしょう》などはひとりもいなかったとか。そういう意味でも人気の高い国王だった。

王妃もまた素晴らしい方で、当時、あまり状況の良くなかった孤児院に変革をもたらした人物として知られている。

それまで孤児院といえば清潔とはほど遠い部屋に、碌に与えられない食事。

彼女はそんな状況にテコ入れし、清潔な寝場所と定期的な食事の配送を実現した。

それは現在の孤児院の在り方にも繋《つな》がっていて、今も夫である国王と並んで国民に尊敬され、愛される妃となっている。

「……」

じっと肖像画を見ていると、いつの間にか隣にフェンネルがやってきた。

「私はね、クローバー国王を尊敬しているんだ」

同じように肖像画を眺め、しみじみと告げる。

「彼の行ったことはすごいよ。治水事業にもかなりの功績があるし、何といっても素晴らしいのは税制改革だ。彼の行った改革は、現在の徴収制度の基礎にもなっている。二百年以上も前の人なのにね。尊敬しているし、国民のためにも彼のような王になれればと思っているよ」

様々な政治改革を行ったことで知られているクローバー国王。城の名称と同じだが、実は城の方が彼にちなんで名づけられたのだ。

それまでは特別な名称はなかった城に彼の名前をつけたのは、もちろんその功績を称《たた》えてのこと。

現在まで色濃く影響を残している祖先を尊敬していると告げたフェンネルの目はキラキラと輝いていた。

「昔からここに来ると落ち着くんだ。自分を見つめ直せるような気がして。……今日ここに君を連れてきたのは、私が特別に思っている場所を君にも知ってもらいたかったから」

「……」

「ここをヴィオラに見せたかった」

穏やかな表情でそう告げるフェンネル。

確かに彼の言う通り、この場所は落ち着く。

静謐《せいひつ》な雰囲気が心地好く、身体から無駄な力が抜けるようだ。

でも、こうしてリラックスできているのは多分、この部屋だけが原因ではない。

私の正体を知った上で、普通に接してくれるフェンネルがいるからだ。

ひとりの時とはまた違うリラックス感に気づけば、この場の雰囲気だけが心地好く感じる要因ではないと分かってしまう。

——フェンネルと一緒にいると落ち着くわ。

師匠や友人といる時とはまた違う感覚。

素の自分を出すことが許されるような空気にとても安らぐ。

ずっと彼と一緒にいられたらいいのに、なんて馬鹿なことを思ってしまう。

——本当に馬鹿よね。

彼を拒否しているのは他ならぬ自分で、その結論はどうしたって変わりようもないのにそんなことを思うなんて。

でも。

肖像画を眺めているフェンネルの横顔を見つめる。

今だけは、この温かくも柔らかな空気に身を浸していたかった。

◇◇◇

一時間ほど美術館で過ごし、外に出てきた。

結局、他の美術品を見学することはなかったけれど、とても満たされた心地だった。

「ありがとう。とても貴重な時間を過ごすことができたわ」

静かな空間に身を委ねている間に、溜まりに溜まっていたストレスが解消したように感じていた。

気分がすっきりしたとでも言えばいいのだろうか。とても清々《すがすが》しい気持ちだ。

「喜んでもらえたのなら良かった。ヴィオラならいつでも案内するから、また行きたくなったら声を掛けてよ」

「えっ……え、ええ」

当たり前のように『また』を言われ、戸惑いはしたが、結局私は了承の返事をした。

「もう行くこともないもの」とでも言っておくのが正解だということは分かっていたのだけれど、

なんとなく今のこの雰囲気を壊したくなかったのだ。

無理だと分かっているが、また行きたいという気持ちもあった。

また、フェンネルと一緒に——。

——ああ、駄目。駄目なんだってば。

ずるずると自分の気持ちが彼の方へと傾いていっているのを肌で感じ、嫌になる。

私はこんなに心が弱かっただろうか。

魔女として生きるしかないと悟った日から、強くあろうとしてきたし、そうしてきたつもりだけど、ここに来て、そんな自分がグズグズと崩れていっているのを自覚していた。

いや、恋とはそもそもそういうものなのかもしれないけど——。

——だから、恋ってなんなの‼

違う、と自分に言い聞かせる。

私は恋なんてしていないのだ。フェンネルのことだって好きとかではない。

ただ、彼といるのが落ち着くし楽しく感じると、ただそれだけで——。

「ああああああああ」

頭を抱える。

自分が泥沼に嵌《は》まっていっている感じがしたのだ。

認めたくないだけで、すでに彼のことを好きに——いやいや、気にしているのではないかと気づいてしまえば、頭を抱えたくなるのも仕方なかった。

――駄目、駄目だ。

このままではまずい。

フェンネルとは綺麗にお別れしなければならないのに、ここに来て自覚とか……いや、自覚なんてしてませんけど？

自分に必死に言い聞かせるも、効力は殆どなく、泣きそうだ。

「……どうしたの？」

美術館を出たところで立ち止まり、頭を抱える私にフェンネルが声を掛けてきた。

「な、何でもない」

本当に何でもないのだ。ただ、自分と戦っている、それだけ。

己の心の弱さに乾いた笑いを零す。そこで、気がついた。

「――え」

ざわり、と西の方角からとても嫌な気配を感じたのだ。この気配は知っている。ただの霊が、悪霊に切り替わった、そういう時に感じる独特の――。

「っ！」

そう思ったところで、気配が『あの』廃墟の霊のものであることに気がついた。

――嘘でしょ。悪霊化したの!?

かなり距離はあるが間違いない。

もう何十年も霊のまま漂っていたのに、まさかの悪霊化とか。

あり得ないと思いつつも、実際こういうことはたまに起こるので、今回も運が悪いということなのだろう。

「ごめん。悪いけど、ここでお別れってことでいいかしら」

西の方角を睨み付けながら、フェンネルに言う。彼は焦ったように私の前に回り込んできた。

「えっ、どういうこと⁉　まだデートを終えるには早い時間だよ。も、もしかして美術館に連れてきたのが気に入らなかった⁉」

「違うわ。あなたが見せてくれたものは素晴らしかったし、また来てもいいと思った。そうじゃないの。——そうじゃなく、魔女としての仕事があるのよ」

正直、告げるかどうか迷ったが、彼はもう私が魔女だということを知っているのだと思い出したので、言ってしまうことにした。

フェンネルが途端に顔色を変える。

「魔女としてって……どんな仕事？」

「あまり知られていないだろうけど、悪霊退治よ。害のない霊が悪霊化したの。それを祓わなくてはならないわ」

「悪霊退治⁉　魔女ってそんなことまでしているの⁉」

本気で驚いた様子の彼を見て、やはり知らなかったのだなと思った。

魔女としての仕事のひとつである、悪霊退治。

霊が魔女にしか見えないということもあり、王族でも知らなかったりするのが現状なのだ。

「ええ。そういうわけだからごめんなさい。私、行かなくちゃ」

あの廃墟は師匠から任された私の管理地のようなもの。あまり好きではない場所ではあるが、任されて了承したのは自分だし、そこの霊が悪霊化したというのなら、私が責任をもって祓わなくてはならない。

「……私も一緒に行くよ」

「え」

返事を待たず廃墟に向かって走り出した私の隣をフェンネルが併走していた。

「な、何言ってるの。悪霊がいるのよ⁉　安全な場所ではないのよ！」

「でも、そこにヴィオラは行くんだろう？　好きな女性が危険なところに行くと分かっていて、黙って見送るなんて私にはできないよ」

「できないって……それが私の仕事なの。黙って行かせてくれたらそれでいいから」

「嫌だ」

ムッとしながらもフェンネルが拒否をする。

それに対し、言い返そうと思うも、そんな場合ではないなと気がついた。

悪霊の気配がかなり強くなっているのだ。このままだと一般人に被害が出てしまう可能性がある。

たとえ霊が見えなくても、霊の方は人を認識しているのだ。

気づかないまま襲われる、なんてことも普通にある。

こんなところでくだらない言い争いをしている暇はない。一分一秒でも早く現場に到着しなければばならなかった。

「ああもう！　勝手にして！」

フェンネルを無視し、とにかく現場に急行する。

魔法を使って速度を上げようかとも考えたが、目撃者に魔女かと疑いを掛けられるのも嫌だ。

特に、あまり人のいない場所でやれば、明らかに目立ってしまう。

それが分かっていたので、速度を上げる魔法は使わず、代わりに体力を回復させる魔法を使うことにした。

現場まではそれなりに距離がある。走り続ければ息が切れるし、体力もなくなってしまうから、ある意味必須の魔法だった。

「はあはあ……」

三十分ほど全速力で走り、現場に辿り着いた。

体力を回復させながらでも、かなり厳しい。だが、私の隣にいるフェンネルは平然としていた。

私は汗びっしょりだというのに信じられない。

「……体力お化けね」

思わず呟く。

フェンネルには体力回復の魔法は掛けていない。

ついてこられないのなら、むしろその方がいいと思って、振り切る勢いで走ったのだ。それなのに息ひとつ切らしていないのだから、驚きだった。

「身体は鍛えている方だからね。少なくともアドニスより体力はあると思うよ」

「お兄様と比べるのは間違ってるわよ。あの人、全然鍛えていないんだから」

比較対象として出された兄は、体力の『た』の字もない。

しかし、最初に彼に告白された時、人混みを利用しつつ魔法を併用して逃げたのだけれど、どうやらそれは正解だったようだ。

この感じなら、ただ逃げただけでは間違いなく捕まっていただろうと思うから。

フェンネルのポテンシャルが恐ろしい。

「あ……」

肌にチクチクと感じる悪霊の気配で我に返った。そうだ、今はこんな話をしている場合ではない。

一刻を争う事態なのに、何をのんびりしているのか。

「……」

気配がする方を向く。

廃墟と化した屋敷跡。その奥から黒い染みのようなものが漏れ出しているように私には見えた。

「……まずいわね。さっさと祓ってしまわないと」

気合いを入れ、中へと足を踏み出す。フェンネルが「あ」と声を上げた。

「ここ……この前、ヴィオラが連れてきてくれた場所」

「ええ、そう。こう言えば分かるかしら。ここはね、エインリヒ侯爵邸だった場所よ」

「エインリヒ侯爵邸だって⁉」

ギョッとしたように彼が私を見る。視線だけで肯定した。

そう、ここは、旧エインリヒ侯爵邸。

あの、痛ましいエインリヒの凶行が行われた現場となった屋敷なのだ。

「こんな場所にあったんだ……」

「あまりにも酷い事件だったから、エインリヒ侯爵が捕まった際、取り壊しになったのよ。そのあとは誰も近づかず、放置。いつの間にか忘れられてしまったわ。ここは、そういう場所」

だから師匠はこの場所に来たくなかったし、私も嫌だと思いつつも引き受けていたのだ。

昔を思い出してしまう場所と知っていて、尊敬する師匠を行かせるような真似はしたくない。

「ここにはずっと霊がいたのよ。その霊の様子を私と師匠は定期的に見に来ていた。理由は、悪霊化していないか監視するため。普通の霊なら、ある程度時間が経てば自然と天に還るのよ。でも中には還れないものもいて、そういう霊がある日突然悪霊化する」

「……ここにいる霊って、まさかエインリヒ侯爵だったりする？」

フェンネルの疑問に首を横に振る。

「違うわ。エインリヒ侯爵はここにはいないし、もうずっと前に天へと還った。あれだけのことをしていたのにね。彼自身は悪霊にもならず、すぐに消えていったのよ。ここにいるのは、彼の犠牲となった魔女たちの成れの果て。たくさんの霊がひとつになって、長い間この場所で彷徨《さまよ》っていた。私たちはいつか彼女たちが天へ還ってくれることを期待していたんだけど、ここに来て悪霊化してしまったというわけ」

「……エインリヒ侯爵の犠牲者が悪霊化したってこと？」

「ええ。しかも元魔女たちの集合体だから、かなりの力を持っているわ。彼女たちが放つ陰の気をここまで感じるもの」

「……全然分からない」

愕然とした様子で言うフェンネルを見る。

「当たり前でしょ。霊が見えるのは魔女だけなんだから。だからついてこないでって言ったのに」

「……ひとりで行かせたくなかったんだ」

「はいはい。もう……仕方ないな。フェンネル、ちょっと屈《かが》んでくれる？」

「え？」

首を傾げながらもフェンネルが腰を屈める。彼に近づき、額に口づけた。

「――この者に我らの加護を」

「えっ!?」

何をされたのかと、フェンネルが目を大きく見張る。間近で大声を出された私は耳を塞いだ。

「うるさっ。騒がないでよ。あなたにも一時的に霊が見えるようにしただけだから」

「そんなことができるの？」

驚いた様子の彼に頷く。

見えないままでは危険だ。そう思っての措置だった。

「あくまでも一時的にだけどね。見えないままだと、悪霊に襲われた時、逃げることもできないでしょう？」

「……」

「私は魔女としての仕事をする。フェンネル、ついてきてしまったものは仕方ないけど、せめて自分の身は自分で守って。できるわよね？」

「あ、うん、もちろん。ヴィオラの迷惑にならない程度には動けると思うよ」

「そう、ならあなたのことは気にしないから。……私は、悪霊を祓うことに集中する」

言い捨て、廃墟と化した侯爵邸に足を踏み入れる。

二階が完全に崩れてしまった屋敷は、すでに殆どが風化してしまっていた。

足下の瓦礫に気をつけながら、中へと入っていく。

私の後ろにはフェンネルが続く。外で待っていてくれればいいのに、どうやらついてくるようだ。

まあいいけど。

悪霊が見えるのなら、避けるくらいはできるだろう。

動けると自分でも言っていたことだし、自分の面倒は自分で見てもらおう。

私の方に、余裕はない。

「……いた」

悪霊と化した霊は、前回と同じ場所にいた。

数日前に見た時とは違い、煙のような身体が真っ黒に染まり、その身体からはドロドロとした何かが零れ落ちている。

それが地面に染みとなって広がっているのだ。

「あれが悪霊？」

霊を初めて見たフェンネルが驚きの声を上げた。それに頷く。

「そう。普通の霊は無害なんだけどね。ああなってしまっては駄目。放っておけば、一般人に危害を加えるようになるから、一刻も早く祓わなくては駄目なの」

「……これが、魔女の仕事。全然知らなかった」

「見えないのだから知らなくても仕方ないわ。あなたが気にすることじゃない」

実際、気にされたところで何かが変わるわけではないので、今まで通り放置してくれればそれでいい。

こちらのことはこちらでやっておくから、そっとしておいてくれ。

それが私たち魔女の望み。

「……」

改めて悪霊となった霊を見る。

痛ましい変化に思わず眉を寄せる。つい数日前までは普通の害のない霊だったのに、放置すれば間違いなく、甚大な被害をもたらす災厄へと成長してしまうだろう。

「……師匠が見ることがなくて良かった」

思わず呟く。

悪霊となった彼らは、昔師匠と一緒に捕まり、犠牲となった人たちだ。同じ苦しみを負い、なおかつただひとり生き残ってしまった師匠には残酷な光景だと思うから。

「なんとしても私が、祓わないと」

気合いを入れ直し、悪霊へと近づいていく。

祓う方法は簡単だ。私が悪霊を取り込めばいい。

陰の気が強い魔女は、同じく陰の気が強い悪霊を取り込み、自分のエネルギーに変えることができるのだ。

そのためには悪霊に触れられる距離まで近づかなければならない。

近づいて、頭部に触れる。

どうしてかは分からないが、悪霊は頭部が弱点なのだ。ここに触れながら魔法を発動させると、ほぼ抵抗されることはなく全てを終わらせることができる。

だが、悪霊も自分が祓われることは理解しているので、抵抗してくるのだ。

「っ……」

黒い影から触手のようなものがシュッと伸びてきた。

慌てて躱《かわ》す。鋭く素早い動きだ。こちらを完全に敵と認識しているようで、悪霊は何本も触手のようなものを身体から出し、攻撃してくる。

それを躱しながら悪霊に近づいて行く。

動きは早いが、躱せないほどではない。これなら問題なく祓える。そう思った時だった。

一本の触手が、何故か私ではなく、後ろで控えていたフェンネルを狙う動きを見せた。

多分、彼の強すぎる陽の気に惹かれてのことなのだろう。陰の気を持つ者が陽の気に惹かれることは分かっていたはずなのに、ここまで連れてきた私のミスだ。

「っ！」

――守らなければ。

私が彼を連れてきたのだ。傷を負わせるわけにはいかない。

勝手にしてくれと思っていても、やはり無視はできなかった。

彼の方へ向かおうとする触手を、咄嗟に魔法で攻撃する。

触手が消える。

フェンネルに攻撃がいかなかったことに安堵し――多分、そこで気を抜いてしまったのがいけなかったのだろう。隙を窺っていたもう一本の触手が私の身体を掠《かす》った。

「しまった……！」

バランスを崩す。

血が出るほどの怪我ではなかったが、足場の悪い中で動いていたのだ。少し姿勢が崩れただけで、倒れそうになってしまう。

そこを新たな触手が狙う。

触手は、槍の穂先のように鋭く、このままでは私の身体を貫くだろう。それが分かった。

「っ！」

魔法の発動は間に合わない。

これはもう攻撃を受けるしかない。そう思ったところで、力一杯腕を引かれた。

「危ないっ！」

「えっ……」

何が起こったのか分からない。

ただ、私を貫くはずだった触手は、見事空振りとなったようだ。新たな怪我は負っていない。

「……」

「大丈夫⁉」

血相を変えて聞いてくるのはフェンネルだった。

どうやら彼が私を助けてくれたようだと知り、こんな時だというのに動揺してしまう。

「えっ、えっ……どうして……」

「どうしてもこうしてもないよ。今、お腹《なか》を貫かれそうになったことに気づいてた？　そんなの放っておけるわけがないでしょう！」

「あ……」

怖い顔で窘められ、目を瞬かせた。

何も言えない。でも仕方ないじゃないか。

今まで誰かに助けられたことなんてなかった。

危ないと怒られたことなんて一度もなかったのだ。

だって、私は魔女だから。

これまで、悪霊退治をしたことは何度もあった。偶然、一般人に見られたことも、巻き込まれた一般人を助けたことだってある。

だけど皆、当たり前のように私を盾にしたし、協力しようなんて人はひとりもいなかった。

私も、それを当然だと思っていた。

これは私の仕事で、私がするべき役目だ。

だから皆が当然だと思うのも理解できる話……というか当たり前で……なのに彼は、そんな私に手を差し伸べてくれるというのか。

「怪我は？」

「え、あ……大丈夫」

「良かった」

ホッとしたように笑うフェンネルの顔に安堵の色が見えた。その表情にギュッと胸が締め付けられる。

嬉しいと思う気持ちが溢れ、振り払おうと思っても、次から次へと溢れ出る。

「っ！　こ、ここにいて。もう油断はしない。あいつを祓うから」

フェンネルから慌てて離れ、もう一度悪霊と対峙《たいじ》した。

ぼうっとしている場合ではない。さっさと悪霊を祓ってしまわなければ。

「……本気でいくわ」

今まで手を抜いていたわけではないが、これ以上時間を掛けたくないし、フェンネルに何かあっても困る。

　こちらの様子を見ていた悪霊が再度、触手を伸ばしてくる。それを躱し、悪霊の懐へと飛び込んだ。

「――お休みなさい。良い夢を」

　言霊を紡ぎながら、悪霊の頭に触れる。

　頭に触れた途端、悪霊はピタリと抵抗を止めた。

　手のひらから悪霊を取り込む。途中からむしろ協力的にさえなった悪霊は、簡単に私の中へと吸い込まれていった。

　――ありがとう。

　消える直前、そう声が聞こえた。

　複数の子供たちの声。それを聞き、目を瞑る。

　ありがとうなんて、言わないで欲しい。

　私は何もしていない。それを言われるべきは、師匠なのだ。

「……」

　報告の際、必ず今の言葉を伝えようと思った。

　身体の中に入った悪霊が私の中で溶け、魔力と同化していくのを感じる。

　どん、と自らの魔力最大値が増えたことが分かった。

「う……」

思わずその場で片膝をついた。

悪霊を魔力に変換する際、身体に負荷が掛かるので、取り込んだ直後は毎回気分が悪くなってしまうのだ。

「……」

「ヴィオラ！」

大声を上げ、こちらに走ってきたのはフェンネルだった。

それに気づき、思わず顔を上げる。

「え」

まさか、彼が来るとは思わなかったのだ。

だってそうだろう。

今のは、相当気持ち悪い光景だったと思うから。

今までにも何度か、一般人に悪霊を取り込む様を見られたことはあった。何故か不思議と、吸収する際だけは何もしなくても、悪霊の姿が見えてしまうらしいのだ。だが、やはりというか、そのたびに泣き叫ばれたし「やっぱり魔女は気持ち悪い」と侮蔑の視線と言葉を投げつけられた。

だから私はそのたび、仕方ないなと思いながら、彼らの記憶を消してきたのだ。

気持ち悪い光景を覚えていたくなどないだろう。

そう思ったから。

それなのに彼は、心配で堪《たま》らないという顔をしながら私に駆け寄ってきたのだ。

私が悪霊を取り込む様を目撃していながら。

あの気持ちの悪い光景を見たあとで、私に近寄ってくる者など今まで誰一人いなかったのに。

私が苦しんでいたとしても関係ない。

悪霊を取り込んだ女だと、苦しむ私にここぞとばかりに言い立ててくるのが当然だったのに。

そんなことどうでもいいとばかりに走ってくる彼から何故か目が離せなかった。

「大丈夫⁉」

こちらにやってきたフェンネルは膝をつき、私と目を合わせた。

「今、悪霊が君の中に吸い込まれていったように見えたけど……それで気持ち悪くなっていたりとかする？」

気味が悪いとかではない。明らかに心配そうな声音と表情に、目を瞬かせた。

「え、えっと……その、大丈夫よ。すぐに収まるから」

「そうなの？　ずいぶんと具合が悪そうに見えるけど……そうだ、どこか休憩できる場所に移動しよう。こんな廃墟では、心も身体も休まらないよ」

「へ、平気。本当に大丈夫なの」

心配そうに私を覗《のぞ》き込む彼に言う。実際、体調は大分戻ってきていた。おそらく完全に悪霊を魔力として取り込み終えたのだろう。

立ち上がろうとすると、フェンネルが慌てて手を差し伸べてくる。

断ろうかとも思ったが、彼が心配しているのが伝わってきて、大人しく手を取ることに決めた。

「……ありがとう」

「ううん。それを言うのならこちらこそだよ。ヴィオラのお陰で悪霊がいなくなったんだ。私たちの知らないところで君たち魔女はこんな危険な役目を負っていてくれたんだね。知らなかった自分が恥ずかしいよ。こんなんじゃ、王子失格だな」

「……そんなことないわ」

心から言った。

だって、彼は私を心配してくれた。

気持ち悪いと遠ざけるのが当たり前の中、彼は本気で私の身を案じてくれたのだ。

先ほど私を助けてくれたのもそう。私を想っての行動に心が温かいもので満たされたような気がした。

――彼は、違うんだ。

強く、思う。

フェンネルは他の誰とも違う。

私を魔女だからと偏見に満ちた目で見ない。私をひとりの個人として見てくれて、きちんと尊重してくれるのだ。

それは今まで私には与えられなかったもの。

家族や友人という限られた関係性の中にしかなかったもので、それ以外からは望んでも得られないと諦めていたことでもあった。

——私、この人のことが好きだ。

今までずっと否定してきた気持ちを、ここに来て私はようやく認めることができた。

彼が、フェンネル王子が好きだ。

私を魔女と知っても、変わらず優しく接してくれる彼が。

醜い、気持ち悪い姿を見せても、怯むことなく駆けつけてくれる彼のことが好きなのだと、心から認めることができた。

だって、こんな人いない。

魔女に偏見を持たない人はいる。だけど、きっと彼のようには動けないし、彼のように私のことを想ってはくれないだろう。

私を魔女としてよりも守るべき女性として見てくれるような人は、きっとこの先探しても彼しかいないと思うのだ。

だからきっと、彼と一緒にいることができれば、私はそれだけで幸せになれると、そう思う。

「……」

「何？」

まだ心配そうな様子のフェンネルを見つめる。

彼のことが好きだと認めたから、心配してもらえるのが嬉しかった。

そして同時に思う。

彼を好きだからこそ、私のことで迷惑は掛けられないな、と。

私は彼といられるだけで幸せで、きっと彼も同じように言ってくれるのだろうけど、それはきっと許されない。

だって彼は王族なのだ。

特に彼は王太子。将来は国王として立つことが決まっている。

そんな彼と魔女である私が一緒にいることを周囲は許さない。

止めておけと言われるのが関の山。反対する人は大勢いるし、おそらく反対派の方が大勢を占めると思うのだ。

そして魔女を理解してくれている人たちも、きっと賛成はしないと思う。

魔女を認めるのと、魔女を王子の妃として認めるのは別の話なのだ。それは私も貴族だから分かるし、そしてそのことでフェンネルが苦労するのは目に見えていた。

魔女は国にとって益をもたらすが、同時に迷惑な存在であることも間違いない。

私が側にいることは、フェンネルの迷惑にしかならない。

彼が今後、王位を継ぐ際にさえ、私の存在は問題になるだろう。それが分かるから、いくら好きでもやっぱり彼の手を取れないと思った。

——好きな人に苦労なんてして欲しくない。私のせいでしなくていい苦労を背負い込んで欲しくない。

それが私の本音で、彼と一緒にいるためなら誰に何を言われても平気！　とまでは言えないのだ。

それほど私の身に刻まれたトラウマは大きい。

「……」

じっくりと考え、結論が出た。彼と目を合わせる。

「ヴィオラ?」

「フェンネル。――私の目を見て」

「え……?」

キョトンとする彼。そんな彼に私は言った。

「全部、忘れて」

「っ!」

私の言葉に彼がギョッとし、その場から飛び退こうとする。だが遅い。すでに魔法は発動した。

彼の身体がグラリと揺れ、傾ぐ。

その身体を受け止めた。フェンネルは気を失っている。

「……これで、良かったのよ」

魔法を使い、彼の身体を軽くしてから、持ち上げる。安全と思われる場所へと運び、その身を壁にもたれさせた。

「……」

フェンネルはぐったりとして動かない。目を覚ませば、私のことは忘れているだろう。

それでいいし、そうでなければ困る。

王子には師匠の加護の魔法が掛かっているが、それはあくまで物理攻撃を対象としたものだ。記憶操作の魔法は精神に関与するものだから、こちらの魔法は問題なく掛かるはず。

「……あ」

と、そこまで考えたところで、気がついた。

そうだ。王子には師匠による加護の魔法が掛かっていた、つまり触手に攻撃されようが、弾《はじ》くことができたということ。

師匠の魔法の威力は私以上で、彼女が術者なら、あの触手程度の攻撃なんて、ものともしなかっただろう。

私が無理をしてまで彼を守る必要などなかったのだ。

「……」

咄嗟のことだったとはいえ、それを忘れていた己が恨めしい。だが、結果としてフェンネルは無傷で済んだのだから、別にいいかと思った。

じっとフェンネルを見つめる。

美しい面差しは眠っていても、その美を損なわなかった。

そんな彼に告げる。

「ありがとう。魔女なのに、私のことを好きになってくれて」

これで最後だからと、彼に近づき、頬に口づける。

数秒彼を見つめ、立ち上がった。

「さようなら」

私が初めて好きになった人。そして、多分、最初で最後の恋の相手。

きっとこれから先、彼以外を好きになることはないだろう。

だけどそれでいい。この思いを抱えたまま、魔女として生きていくから。

「……」

そっと彼から離れる。このまま去ろうと考え、いや、さすがにそれはいけないと思い直した。

彼は今、意識を失っているのだ。もし私が離れたあと、彼の目が覚める前に何かあれば大問題だし、私だって自分で自分が許せない。

「仕方ない、か」

呟き、近くに身を隠した。彼の様子は見えても、向こうからはこちらを窺えない。そんな絶妙な距離だ。

「……あれ？」

しばらくして、彼が身じろぎしながら目を覚ました。キョロキョロと辺りを見回している。

「？　どうしてこんなところに？」

分からないと首を傾げる彼を見て、魔法が効いていることを確信できた。

彼は私のことを忘れている。

この一週間弱の私との出来事を全部忘れてしまっているのだ。

「……あれ、もう夕方？　帰らないと……」

自身に何が起こったか分からず戸惑いながらも、フェンネルは立ち上がり、廃墟を後にする。

当然のことながらこちらを一度も振り返ったりはしない。

自分でそう仕向けたくせに、酷く心が痛かった。

「……さようなら」

もう一度、去ってしまった背中に向かってお別れを告げる。そうして私も、もう二度と来ないであろうエインリヒ侯爵邸跡を後にした。

後悔はしていない。

こうするしかないと分かっていたから。

結局、好きになろうがなるまいが、フェンネルを受け入れる選択肢など私にはなかったのだ。

それを思い知らされた気持ちになりながらも私はひとり家路につき、その日の夜は、涙が涸《か》れるまで泣き続けた。

第六章　七日目

「……最悪」

鏡には、腫れぼったい顔をした生気のない己が映っている。

目は赤く、隈も酷い。

泣いたと一目で分かる有様だ。

「……はあ」

実際、散々泣いたので、こうなるのは当たり前なのだけれど、ここまで酷い顔になっているとは思わなかった。

冷たい水で目元を冷やし、少しでもマシになるように丁寧に手入れをする。

「……こんなものかな」

まだまだ酷い顔つきではあったが、それでも先ほどよりは見られるようになった。そう思いながら、出掛ける準備を始める。

今日は、城に行く日なのだ。

魔女としての仕事をする日。

正直、昨日の今日で、フェンネルがいる城へなど行きたくなかったが、昨日の悪霊についての報告もあるし、行かない選択肢はなかった。

気持ちが後ろ向きなので、準備にも無駄に時間が掛かる。それでも何とか用意を終え、城へ向かった。

◇◇◇

「……こんにちは」

足取りも重く、師匠の部屋を訪ねる。

色替え薬のための薬草をより分けていた師匠が顔を上げ、私を見た。

「今日はずいぶんと遅かったね。納品予定の魔法薬、全然数が足りなくてね。さっさと手伝っておくれ」

「はい」

返事をし、師匠の向かい側に座る。地べたに直接という形だが、毛足の長いラグが敷いてあるので温かいし、腰にも優しい。

まだより分けが済んでいない薬草を手に取った。

「師匠」

「なんだい」

薬草のより分けをしながら、口を開く。

話すのは、昨日の悪霊についてだ。

報告を聞き終えた師匠が、手を止め、私を見た。

「辛い役目をさせてしまってすまなかったね」

「……いえ」

「あの子たちもようやく消えることができたんだねえ」

しみじみと呟く師匠。

彼女はポツポツと当時のことを話し出した。

「私がエインリヒ侯爵邸に連れて行かれた時、すでに半数が虐待で亡くなっていてね。残った者たちで身を寄せ合って震えていたんだ。頑張ろう。きっと助けが来る。国は魔女を保護している。国が見つけてくれればこの地獄から抜け出せる。それまで耐え凌《しの》ぐんだって毎日皆で励まし合ってね。それでも少しずつ仲間の数は減っていく。助けが来る一日前、私とずっと一緒にいてくれた子が目の前で亡くなったんだけど、彼女は言っていたよ。『今度生まれ変わるなら、魔女にだけはなりたくない。普通に生まれて、普通に暮らしたい。お腹いっぱいご飯を食べて、皆と仲良く笑い合いたい』ってね。私たちは碌に食事も与えられなかったから、気持ちはよく分かると思ったよ」

「……」

師匠の話を黙って聞く。

師匠からは今までにも『エインリヒの凶行』についての話を聞いていた。だけど、ここまで具体的に当時の被害者の様子を聞いたのは初めてだった。

「エインリヒ侯爵が捕まって全部が終わって――。しばらくして、エインリヒ侯爵邸を見に行ったんだ。どうなってるんだろうって思って。そうしたら霊が発生していた。すぐに分かったよ。あそこで死んだ魔女たちの集合体だって」

「……」

「悪霊になっても不思議ではなかった。でも、なんとかギリギリで持ち堪《こた》えていたんだ。私としてはいつか天に還って欲しかった。だけど、やっぱり悪霊になってしまったんだねえ」

「……本当に突然でした」

「そういうものだよ。ある日突然限界は訪れる。……人間と同じだね」

「……はい。最後にありがとうって、そう言っていました」

「……そうかい」

師匠がギュッと目を瞑る。何かを堪えるような、そんな表情だった。

しばらくして目を開けた彼女が切なげに笑う。

「すまなかったね、ヴィオラ。あんたに全部押しつけてしまって。本当なら私が最後まで見届けなければならなかったのに、結局逃げてしまった」

「いいえ」

その言葉にははっきりと首を横に振った。

師匠は私が想像もできないほどの辛い目に遭ったのだ。その現場に何度も足を踏み入れるのは、過去の傷を抉《えぐ》るも同然だし、そのたびに霊となったかつての仲間を見るのも辛いと思う。

確かに私としても好きな場所ではなかったが、当事者ではない分マシだ。

なんとなく、話が途切れる。

私たちは無言で薬草のより分け作業を再開させた。余計なことを話すような雰囲気でもなかったし、今はようやくこの世界から解放された魔女たちを偲《しの》ぶ時間だと思っていたから。

「……」

より分け作業を終え、今度は擂《す》り粉木《こぎ》を使って、薬草をすり潰していく。

辺りには独特の薬草の匂いが広がっていた。今まであえて考えないようにしていたけど、フェンネルのことを思い出してしまう。

——ああ、もう忘れなければならないのに。

思い出したのはきっと、昨日悪霊を祓った現場に彼が一緒にいたからだ。理由はそれだけで、深い意味はない。

そう思おうとしたが、思い出すのは彼の優しい表情と声。私を心配する瞳と、差し伸べてくれた手の温かさ。そういったものばかりで、昨日散々泣いたのに、また涙が滲《にじ》み出てきてしまう。

「……」

泣きたくない。

こんなところで泣けば、きっと師匠は事情を聞いてくるだろう。

でも、話したくなかった。

もう終わらせた話だし、師匠はフェンネルを可愛がっている。その師匠に今までのあれこれを話すのもためらわれたし、己の出した結論に何か言われたとしたら、これでいいと言い聞かせていた心が折れてしまうような気がしたから。

「……」

「おい」

「……」

「ちょっと、ヴィオラ。その薬草、そんなにすり潰してどうする気だい！」

「……えっ、な、なんですか？」

師匠に注意され、我に返った。

「薬草」

「えっ」

再度指摘され、手元を見る。五分ほど潰せば良かったはずの薬草は完全にすり潰されて、グチャグチャになっていた。

「あ……」

考え事に夢中になっていて、完全に手元が疎《おろそ》かになっていた。

これでは手伝いをしているとは言えない。邪魔をしているだけだ。

「す、すみません！」

「別に構わないが、今日のあんたは少しおかしいよ。何かあったのかい？」

「いえ……何もありません」

結局、聞かれてしまったと思いつつも否定の言葉を口にする。

師匠はじっと私を見ていたが「そうかい」とだけ言って作業を再開させた。深掘りされないのが有り難い。

さすがにまた同じ失敗をするのは辛すぎるので、次の段階の作業に移ることにする。

良い感じにすり潰した薬草を瓶に入れ、魔法を掛けるのだ。

そうすると色が変わり、色替え薬ができあがる。

「……」

黙々と作業をするも、妙に沈黙が辛かった。

何も聞かれなくて助かると思っていたはずなのに、居たたまれない気持ちになってくる。

「わ、私、失敗した薬草の処分をしてきますね」

先ほど完全にすり潰してしまった薬草を袋に入れ、立ち上がる。処分などあとでまとめてすればいいとは思ったが、このままこの部屋にいるのが耐えられなかったのだ。

外に出れば、多少の気分転換もできるだろう。そう思ったのだけれど、私が扉に手を掛ける前に、外側からノックの音がした。

「……え、今日って来客の予定ありましたっけ」

部屋の主である師匠に尋ねる。師匠は「いや」と否定した。

「そんな予定はないね。だがまあ、拒否する理由もないし、入れてやりな」

「はあ」

師匠がいいのならと扉を開ける。

見えたのは金色の髪。そして特徴的な赤い瞳だった。

「え……？」

「お邪魔するよ、ボロニア」

私もよく知る穏やかな笑みを浮かべて入室してきたのはフェンネルだった。

昨日、私が魔法で記憶を消した相手。

当たり前だが、変装はしていない。生来の金髪は眩《まばゆ》いくらいに輝いており、赤い瞳は透明感があって美しい。

町を歩いていた時とは違い、服装も華やかだ。誰が見ても、彼が王子だと分かるだろう。

——で、でもどうして、フェンネルがここに？

記憶は消したはずなのに。

そう思うと同時に、フェンネルが師匠と個人的に親しかったことを思い出した。

きっと彼女に用事があるのだろう。それなら私は焦らず、魔女見習いとしての仕事をすればいい。

魔女見習いであることを示すフードは被っているし、そもそも彼に私の記憶はない。だから、気にする必要はないのだ。

なのに。

「やっぱりここにいたんだ。——いなかったら、屋敷まで迎えに行こうと思っていたよ」

「――は？」

変な声が出た。

でも、仕方ないではないか。記憶を無くしたはずの彼が、何故か私を見つめながら愛《いと》おしげに微笑みかけてくるのだから。

彼は動揺しすぎて何も言えない私の手を握ると、その甲に口づけた。

「可愛いヴィオラ。私の愛しい人。今日も君に会えて嬉しいよ」

「……」

目を見張る。

私を見る彼の目は、間違いなく私を私として認識している。

昨日、確実に記憶は消したはずなのに、どうしてこんなことになっているのか意味が分からない。

「え、なんで……覚えているの？」

魔法は確実に発動したはずだ。失敗した覚えはない。それなのに私を覚えているとか、どういうことだ。

混乱する私の後ろから、のんびりした声が聞こえてくる。

「王子には、精神防御の魔法を掛けておいたからね。それが上手くあんたの魔法を弾いたんだろう」

「はあ⁉」

ぎゅんっと振り向いた。

ニヤニヤと悪い顔をして笑っているのは師匠だ。

次にフェンネルを見る。彼も綺麗な笑みを浮かべて私を見ていた。

「ど、ど、どういう……」

「簡単なことさ。二日前、王子が私に相談に来た。恋愛相談にね。それに応じてやっただけ」

「恋愛相談って……」

もう一度師匠を見る。師匠は立ち上がると、近くに置いてあった肘掛け椅子に座り直した。

「そこの王子がね、夜にもかかわらず突然やってきたんだ。死にそうな顔をして相談に乗って欲しいって。話を聞いてみれば、あんたのことが好きだというじゃないか。しかも振られたって聞いてね。仕方ない。力になってやるかって思ったんだよ」

「力になってやるって……」

まさかの師匠が知っていたという事態に、大きく目を見開く。

「あんたが魔女でも構わない。だけど、あんたは絶対に気にするだろうし、周囲だって許さない。でも、自分はもう、あんたとしか結婚する気がないからどうにかして欲しいって言われちゃあね。協力するしかないだろ」

「……」

「魔女と、穏便に結婚できる方法はないかって、無茶振りしてきたんだよ。この王子様は」

「仕方ないじゃないか。私はヴィオラじゃないと嫌なんだから。同じ魔女であるボロニアに相談したのは間違ってなかったと思う」

「まあ、それはそうなんだけどねえ」

穏やかに会話を重ねるふたりを呆然と見つめる。

ふたりの仲が良いことは知っていた。だが、まさか私の知らないところで結託していたとは考えもしなかったのだ。

「……あ、あの」

「あんたが魔女であるという事実は消せない。だから、魔女でもいいと皆が納得できる理由を探さなければならない。でもその前にあんたは動くと思ったんだよ。あんたも私と同じで、幼い頃に結構なトラウマを抱えているからね。そのトラウマは簡単なことでは払拭できない。だから、王子を受け入れる選択をしないだろうって思った。そしてそのために、王子から自分の記憶を消すだろうとね」

「……師匠」

私の考えを正確に読み当てていた師匠に、顔が引き攣る。

今度はフェンネルが口を開いた。

「ボロニアは言ったんだ。『きっとあの子はあんたの記憶を消すよ』って。『あの子は人から拒絶される痛みを知っている。そしてその痛みをあんたにまで味わわせたくないと考えるから、自分だけなら我慢できても、あんたまで誹られるのは耐えられないとあの子なら思うだろうね。だから、きっとどこかのタイミングで魔法を使う』って」

「……」

「私は記憶を消されるのは嫌だと答え、それならとボロニアは私に魔法を掛けてくれたんだ」

「相手が忘れたいと思っているのならまだしも、忘れたくないのに忘れさせるのは違うと思うからね。がっつり精神を防御する魔法を掛けておいたよ」

「え、待って下さい。師匠がフェンネルに掛けていたのは、確か加護の魔法では？」

昨日、フェンネルが師匠から加護の魔法を掛けてもらっていたことは知っている。

加護魔法は、物理攻撃を弾くもので、だから私も精神に作用するこちらの魔法は問題なく掛かると思ったのだけれど。

「両方掛けておいたのさ。もし、あんたが私の魔法の痕跡に気づいても『加護の魔法』が掛かっていると聞けば納得して、それ以上は調べないだろう？　もうひとつの魔法の存在まで思い至らないだろうって踏んだんだよ」

「……」

「魔法は重ねがけできるものだってことは、あんたにも教えたと思うけど」

「……師匠」

「まだまだ甘いねえ」

「……」

がっくりと項垂《うなだ》れた。

つまり私は、見事に一杯食わされたということらしい。

せめて、精神防御の魔法が発動した際に気づけていればとも思うが、あの時は私も自分の気持ちを自覚したばかりで、色々といっぱいいっぱいだったのだ。

フェンネルに掛けられていたもうひとつの魔法が発動していたことまで、分からなかった。

未熟だと言われればその通りで、返す言葉もない。

絶句していると、師匠が鼻で笑った。

「分かったら、精進しな」

「……はい」

それしか返せない。

私たちのやり取りを聞いていたフェンネルが苦笑しながら言った。

「昨日、君に魔法を掛けられて、日が覚めた時には本当に君のこと――というか、ここ数日のことをさっぱりと忘れていたんだ。でも城に戻る途中で全部思い出したし、また忘れたらどうしようと不安になって、すぐにボロニアのところへ駆け込んだんだよ」

「危うく忘れるところだった！　って叫びながら人の部屋に駆け込んできたんだからびっくりしたよ。私が失敗するわけないじゃないか。何十年、魔女をやっていると思っているんだい。そこの未熟者程度に遅れは取らないよ」

「う」

未熟者という言葉が胸に突き刺さる。

その通りすぎて泣きそうだ。

フェンネルが気まずげに言う。

「いや……そうなのかもしれないけど……精神防御の魔法って聞いていたから、てっきり魔法を完壁に弾く効果があるのかと思っていたんだ」

「あんたに掛けたのは長期間魔法効果が持続するものだからね。あんたが想像しているような魔法は短期的な効果しかないのさ。それこその場で掛けて、その場で弾くだけっていうね」

「……まあ、お陰で記憶を失わずに済んだけど」

「そこは感謝して欲しいね。――私が言った通りだったろう?」

「……うん」

神妙な顔で頷き、フェンネルが私を見る。

う、と後ずさりしてしまった。

「ヴィオラ」

「な、何……」

「これで分かってくれたと思うけど、私は君のことを忘れていない。君が悪霊を取り込んだところだって覚えているし、レイニー書店で初めて会った時のことも忘れていないよ」

「……どうしてそのチョイスなのよ」

それなりに思い出がありそうなのに、わざわざそのふたつを選ぶとはどういうことだ。

じと目でフェンネルを見る。彼は笑うと、一転、真面目な顔になった。そうしてこちらにやって来る。躊躇なく手を伸ばし、私が被っているフードを取り払った。

「え、な、何……?」

「ごめんね。でも、君の顔を見て、きちんと言いたいから」

「え？」

何の話だ。

パチパチと目を瞬かせる。フェンネルは笑うと、その場に跪《ひざまず》いた。

「ヴィオラ、君を愛している。どうか私と結婚して欲しい」

「……」

「お願い。頷いて欲しい。君でないと嫌なんだ」

「っ！」

切羽詰まったような声にどうしようもなく動揺する。

昨日、終わらせたと思ったはずの恋心が息を吹き返すのが、嫌でも分かった。

嬉しい、と彼の求婚を喜んでいる自分がいる。

記憶を無くそうとしたくせにと思うが、歓喜の感情はごまかせなかった。

「わ、私……」

「ヴィオラ。お願いだよ」

「……」

自分の心が激しく揺れ動いている。

頷くのは簡単だ。だって私も彼のことが好きなのだから。

でも、本当にそれでいいのか。

昨日、泣きながら彼を諦める決断をしたのはどうしてだったのか、それを忘れてはいけない。

「……ごめんなさい。あなたの気持ちは嬉しいけど、受け入れられない」

言葉にするのは身を切り裂かれるような辛さがあったが、それでも何とか口にした。

好きな人から求婚されたのに断らなければならないなんて、この世は本当に世知辛い。

でも、それこそが私が今後を平穏に生きるために必要なことだと分かっていたから、どうしたって頷けるはずがないのだ。

「皆、嫌がるわ。魔女と結婚なんてとんでもないって。認めてくれる人もいるとは思うけど、それは少数。そしてあなたは王子で王太子なの。大勢の人に祝福されて結婚する必要があるのよ」

静かに事実のみを告げる。

私を選んだことで、大勢の人たちの心が離れていったらどうするのか。王権にも関わる問題だし、私のせいでそんなことになるなんて耐えられない。

だが、王子は私の言葉にも退かなかった。

それどころか立ち上がり、私の手を握ってくる。

「フェンネル……？」

「——ヴィオラ。君が私を拒絶するのは、君が魔女だから。それに間違いないね？」

「え、ええ」

「他に理由はない？　本当にそれだけ？」

「……ええ」

しつこく確認されるのを不審に思いながらも頷く。

実際、私が彼の求婚を拒否するのは、私が魔女だからで間違っていないからだ。

私が魔女だから、皆に祝福されない。

私が魔女だから、家族に迷惑を掛ける。

私が魔女だから、もし結婚しても、先々までフェンネルのお荷物になってしまう。

私が魔女だから――フェンネルだけでなく、マグノリア王家全部にまで後々不利益を与えてしまう可能性がある。

そう、全部、私が魔女だから。

どこまでいっても『魔女』であることが付き纏う。

「……」

改めて自らの現状を再確認し、悄然としていると、フェンネルが言った。

「君が気にしているのが『魔女だから』という理由だけなら、問題はないよ」

「問題ない？　何を言っているの？　魔女がどれほど皆に嫌われているか、あなただって知って――」

「知っているけど、まずは私の話を聞いてはくれないかな。これでも昨日一昨日と、寝ずに色々調べたんだから」

「……？」

調べた？　何の話だ。

反射的に師匠を見る。何か事情を知っているのかと思ったのだが、彼女はニヤニヤしているだけだった。

「師匠」

「私からは何も言わないよ。調べたのは王子だからね。この子の功績を私が奪うのは違うだろう。あんたは大人しくこの子の話を聞いておやり」

「……功績？」

「ああ、あんたと結婚したくて王子は必死だったたって話さ」

「ボロニア！　そう身も蓋もないことを」

「事実だろう？」

「……そうだけど」

笑いながら言い返され、フェンネルがむむっと口を尖《とが》らせる。その様をうっかり可愛いと思ってしまい、自分を殴りたくなった。

――だから、可愛いってなんなの！

完全に自分の感情に振り回されている。

彼を好きだと思う気持ちと、彼を不幸にしてしまうから拒絶しろという気持ちが私の中でひしめきあって、大変なことになっている。

どちらも譲らないので、決着がつかない。正直、泣きそうだ。

フェンネルが咳払いをし、話を戻す。

「その……ヴィオラは昨日見た、王妃ジルコニアのことを覚えているかな？」

「？　ええ、覚えているけど」

王妃ジルコニア。

昨日、フェンネルに連れられて行った美術館の特別室に展示されていた肖像画の女性だ。

クローバー国王の妃。

「その、ジルコニア王妃がどうしたの？」

「うん。彼女なんだけどさ、実は魔女だったみたいで」

「えっ⁉」

ギョッとして、フェンネルではなく師匠を見た。師匠はニヤニヤ顔のまま頷いている。

「私もボロニアに教えてもらうまでは知らなかったんだけどね。あとで、城の書庫で調べてみれば、今までにも何度か魔女を王妃として迎えていることが分かったんだよ」

「……」

「歴史的にうちの王家は、何度か魔女を王妃として娶っている。前例のない話ではないんだ。あと、この言い方は魔女である君たちの力が分かりやすいのかなと思うんだけど、ええと、魔女は元来陰の気が強いんだってね」

「え、ええ」

確認され頷く。

「それに反して、私たち王家の人間は、皆、陽の気が強いらしいんだ。あまりこちらに自覚はないんだけどね。で、その陽の気が強すぎて、生まれた子供は成人することなく死んでしまうという話も同時に書かれていて……。どうも私たち王家の人間が、なかなか成人できず死んでしまうのはこれが原因らしいんだよ。古い文献に書いてあったことだけど、多分、間違いないと思う。当時の医者が残した本でね、結局その話が後の世の人々に広まることはなかったんだけど。まあ、陽の気とか陰の気とか言われてもね。分かるのは魔女である君たちくらいだから、それも仕方ないと思うんだけど」

「王家の人間が、陽の気が強いのはその通りよ……」

一般人には理解できないだろうが、魔女である私たちには分かるのだ。実際、王族であるフェンネルは、眩しいと思うくらいに陽の気が強い。同時に、陰の気を強く持つ私にはそれが心地好く思えるのだけれど。

「でも、それがどうしたっていうの？」

「うん。ヴィオラは覚えてない？　クローバー国王の子供が全員無事成人している話」

「覚えているけど」

フェンネルは頷き、話を続けた。

「それって、クローバー国王と魔女のジルコニア王妃の相性が良かったからって話なんだ。強すぎる陽の気と、同じく強すぎる陰の気。それが混じり合った結果なんだよ」

「……分からなくもないわね。陽の気は陰の気に惹かれるし、同じく陰の気は陽の気に惹かれるもの。プラスとマイナスは合わせればゼロになる。当然のことよね」

説明されれば普通に納得できる話である。

フェンネルはうんうんと頷いた。

「そうなんだよ。それで更に調べてみたんだけど、歴代の魔女の王妃が産んだ子供なんだけどね。なんと、生まれた全員が成人しているんだ。ひとりの例外もなく」

フェンネルが嬉しそうに言う。どうしてそんなに嬉しそうなのかと思いつつも、同意した。

「そうだろうと思うわ。本当に王家の人間は皆、陽の気が強すぎるから。陰の気を混ぜた方が安定するのは納得できる」

「だから、それはヴィオラも同じじゃないかって思うんだよ」

「へ？」

いきなり私の名前が出てきて、キョトンとした。

「この話は、私も知らなかったことだし、昔に発表されたけど、一度は忘れられてしまったことだ。でも、事実なんだよ。王家の人間と魔女の相性がいいってことはね。だからもし、私と君が結婚して子供ができれば、問題なく子供は成人するだろうし、それって今まで問題視されていたことが解決するって話なんだよね」

「……」

「この事実を公表すれば、皆は魔女と結婚することをむしろ推奨するようになると思うよ。王家の子供がなかなか成人しないというのは、常に問題視されていたことだから。……ねえ、これじゃ駄目かな。この事実が広まれば、きっと皆は反対するどころか、諸手《もろて》を挙げて賛成してくれると思うんだけど……」

「……」

窺うように告げられ、言葉が出なかった。師匠がのんびりと口を開く。

「昨日一昨日と、朝まで書庫に籠もって、必死に文献を漁《あさ》っていたんだ。あんたと結婚するための証拠集めをしないとって。私はヒントとして、歴代王妃に魔女がいることを教えただけ。あとは全部、王子がひとりで調べてきたことさ」

それに王子が照れくさそうに答える。

「どうしてもヴィオラと結婚したかったから。そのためならどんなことでもしようって。何もせずに諦めるなんてこと絶対したくなかったから」

「……」

呆然と彼を見る。王子は優しく微笑んだ。

「君としか結婚したくないのは本当だけど、同時に君が悪く言われるのも嫌だったからね。傷つくところは見たくない。でも、結婚はして欲しいから、頑張ったんだ」

「……」

私のためにと告げる彼に、激しく動揺した。

心が揺れる。

私と結婚したいからと、だけどそれで私が傷つくのは違うからと、自分にできる限りの誠意を見せてくれた彼に、愛おしさが込み上げる。

嬉しかった。

私のために彼が見せてくれた誠意が、心が。

拒絶しかできずに逃げる私とは違い、真っ直ぐに問題に立ち向かったフェンネルが酷く眩しく見えた。

「わ、私……」

「──男にここまで言ってもらって、それでも悩むような馬鹿弟子なんぞ、私は持った覚えがないけどね」

師匠がのんびりとした口調で、だけどもきっぱりと告げた。

「結局、あんたは自分のことばかりなんだ。本当は王子のことなんかどうでもいい。自分が皆から誹られることだけが怖いんだよ。王子のためとか、家族のためとか、結局言い訳でしかないのさ。あんたは自分が可愛い。だからすぐに保身に走るし、逃げ出そうとする」

「っ！」

厳しい指摘に息が詰まる。フェンネルが眉を寄せ、抗議した。

「ボロニア、何もそこまで言わなくても」

「これくらい言わないと、私の馬鹿弟子は動けないのさ。トラウマがあるのは本当だけどね。でも、あんたはそれに縛られたままでいいのかい？　そこから抜け出せるチャンスがあるのに、見て見ない振りをして、やっぱり私は魔女だから、なんて言葉で逃げるのかい？」

「そ、そんなことありません！」

咄嗟に否定したが、心臓は痛いくらいにバクバクと脈打っていた。

まるで痛いところを指摘されたかのような焦りにも似た感情に支配され、吐き気が込み上げてくる。

結局自分が可愛いだけなのだと言われた瞬間、図星を突かれたような気持ちになった。

家族のため、王子のためというのは言い訳でしかない。

——ああ、その通りだ。

私は、私が可愛かった。

傷つくのが怖くて、だから魔女という言葉を言い訳にして、一番傷つかなくて済む道を選び続けてきただけなのだ。

「……」

ここに来て、自分のどうしようもない汚さに気づいてしまった。

目を逸らしたままでいたかったのに、強引に直視させられた心地だ。でも、いつかは向き合わなければならなかったのだろう。

それは分かる。

でも、だからといって、すぐに「はい、そうですね」と意見を変えられるはずもない。

だって、私は臆病だから。

どうしたらいいのか分からず、助けを求めるようにフェンネルを見てしまった。

彼は私の視線に気づくと、私の肩を抱き寄せた。

「あ……」

「ヴィオラ。私は君が弱い人間でも構わないよ。どんな君でも愛していると言い切れるんだ。私は誰に何を言われても傷つかないし、ヴィオラのことは絶対に守ると約束するよ。だから、私の気持ちを受け入れて欲しい」

「……私……は」

「愛している」

ぶわり、と全身が熱を持った。

私を真摯に見つめてくる瞳に、全てを持っていかれたような心地になる。

どこまでも私を求めてくるフェンネル。

彼は私を迎えたあとのことまできちんと覚悟してくれているのだ。それが今の彼の言葉からもよく分かった。

「……」

思い出す。そういえば、兄も「家族のことは気にするな」と言ってくれていた。

あの時は、こちらの気持ちも知らずに適当なことをと憤慨したが、今なら兄が本心から言ってくれたのだと理解できる。

皆、本気で私に気にしなくていいと言ってくれていたのだ。あとでどうなるのか分かっているのに、私に進めと言ってくれていた。

それに比べて私はどうだろう。

いつまでも内に籠もって、前に進もうとせず、なのに王子のことをしっかり好きになってしまって、自分勝手に振ったくせに、まだ好きなのだと泣いている。

——なんだ。私が一番、子供なんじゃない。

私に兄を詰る権利なんてない。人の気持ちを弄ぶような真似をした私の方が、よほどわがままで身勝手なことをしているではないか。

これ以上逃げてはいけない。これ以上逃げたらきっと私は自分を嫌いになってしまうから。

保身に走るのではなく、自分の本当の気持ちと向き合わなければ。

本当の私は何を望んでいるのか。そのために何を犠牲にできるのか。

何なら犠牲にできて、何を犠牲にできないのか。

しっかりと見極めなくてはならない。

チラリとフェンネルを見る。

彼はじっと私を見つめていた。私の出す結論を待っているのだろう。少し不安げなその姿に、愛おしさを感じる。

「……」

やっぱり好きだなと思ってしまう。

最初の出会いは正直今でもどうかと思うけど、そのあとはずっと彼は私に対して誠実だった。

自分のことしか考えず逃げる私を諦めず追いかけてくれて、魔女と知ってもその態度は変わらなかった。

いつだって、私に手を伸ばしてくれたし、それが嬉しかった。

そう、嬉しかったのだ。

そんな彼を私は諦めることができるのか。

——できる。できる、はず。

まだ残る保身を望む気持ちがそう告げる。だけど、そこで気づいてしまった。

私が彼を拒絶するということは、彼は近い将来私以外の女性と結婚するのだという事実に。

当たり前だ。

だって彼は王太子だから。そもそも結婚しないなんてことが許されない立場なのである。

そして私は魔女。

将来は、王城に住み、魔女としてフェンネルを支える。

彼と彼の妃。そしてその妃が産んだ子に仕えるのだ。逃げることは許されない。

魔女は、王家に仕え、保護されるものだから。

——嫌だ。

フェンネルが私の知らない別の誰かと微笑み合うところを想像して、息が苦しくなった。

見たくない。

彼の隣に立つ女性も、彼が私に今向けてくれている微笑みを別の女性に向けるところも、彼が私以外の女性との子を慈しむところも、どれも絶対に見たくない。

——嫌、嫌、嫌。

胸が痛くて、辛くて、嫌だという言葉しか出てこない。

彼を好きだと認める前なら我慢できた。でも今、フェンネルを誰かに譲るなんて絶対に無理だと断言できる。

——……ああ、そっか。

思いの外簡単に出てしまった結論に、身体から力が抜けるのが分かった。

私はフェンネルを諦められない。それが私にとっての一番譲れないことなのだ。

そして、それなら他は全部受け入れるしかない。

フェンネルを得ることでやってくる苦痛の数々。今まではそれをどうにか避けたくて、彼を拒否していたけれど、その彼を得たいと思うのなら、そちらを受け入れなければならないのだ。

今まで散々嫌だと怖がり、逃げてきたあれこれ。それを私は受け入れられるのか。

いや、一番が決まったのならもう、腹を括るしかない。何より嫌なことが分かってしまったのなら、それ以外は些細なこととして立ち向かうしかないのだ。

怖いけど。

人々から怖がられ、敬遠されるあの日と態度を忘れることはできないし、今も私を苛むけれど、でも、フェンネルが自分以外の人に優しい笑顔を向けることはもっと耐えられないと思うから。

「……フェンネル」

「何?」

小さく名前を呼ぶと、彼はすぐに返事をくれた。

覚悟を決め、彼を見る。

深呼吸をし、口を開いた。

「――私も、あなたが好きだわ。だからその……迷惑を掛けることになると思うけど……よろしくお願いします」

頭を下げる。

「ヴィオラ！」

一拍置いて、彼が私の名前を呼び、ギュッと抱きしめてきた。

泣き笑いのような声で言う。

「迷惑なんて言わないで。私はヴィオラが側にいてくれればそれでいいんだから。それ以上は望まない。――私の、妃になってくれるんだよね」

「……ええ」

彼の腕の中、こくりと頷く。次の瞬間、私を抱きしめる力が強くなった。

感極まった声が頭上で響く。

「――嬉しい」

その声を聞き、目を瞑った。

嬉しいのは私の方だとそう思ったのだ。

結婚も恋愛も魔女になったその口から全部諦めていたのに。

まさかそれを得られる未来が来るなんて考えもしなかった。

「きっと君を幸せにするよ」

告げてくれた言葉には心が籠もっていたが、私はもう十分すぎるほど幸せだったので、これ以上は過分だな、なんて思った。

——こうして、すったもんだありつつも、魔女な私はわずか七日間という短い期間で、見事王子様に捕まったのであった。

終章　二年後

フェンネルの言葉に頷いて――。

彼に捕まるまでの七日間はとにかく怒濤の日々だったが、まさか捕まったあとも同じく怒濤の日々が待ち受けているとは思わなかった。

「早速だけど、父上に会いに行こう」

「えっ!?」

求婚を受け入れた途端、国王と会おうと言われて目を剝《む》いたが、フェンネルは本気で、驚くしかない私をさっさと執務室まで連れて行った。

しかも、しかもだ。

「父上、彼女と結婚します」

国王の執務室に入室するや否や、彼はそう言って、あっさりと婚約の報告をした。

こちらは啞然《あぜん》とするしかない。

紹介も何もなく、いきなり「結婚します」はさすがにないだろう。

一瞬、フェンネルから最初のプロポーズを受けた時のことを思い出してしまった。

良くも悪くも、思い立つと突っ走るところがあるらしい。

正直、国王に報告したところで反対されるだけではと思っていたが、それは良い意味で裏切られた。なんと、国王はあっさりと私たちの結婚を受け入れてくれた。

「お前が選んだのならそれでいい」

その一言で終わらせたのだ。

国王は豪快に笑っていたが、どうやら彼は自分たちの言葉に疑問もなく、唯々諾々と従い続けるフェンネルにかなりの危機感を抱いていたらしい。

なんでもかんでも反抗するのは違うが、自分の意志がない国王では困る。

だがフェンネルは優秀で、次々と皆の期待に応えては全てにおいて成功を収めていく。

フェンネルは誰が見ても文句の付け所のない将来有望な王太子にしか思えないものだから、どうすればいいのかと頭を抱えていたのだとか。

そんな彼が婚約をなかったことにして欲しいと言ってきた。

好きな女性ができたからと。

初めて自分の意志を見せた息子に、国王はむしろホッとしたのだと言っていた。

「自身の妃をきちんと選べるのなら、この先も安心できる。魔女？　むしろ万々歳ではないか。ぜひ、外交の際は同行して、魔女がマグノリアに健在だというのを他国に見せつけ、広めて欲しい」

期待を籠めてそう告げられた時は、それでいいのかと思ったのだけれど、そもそも王族は魔女に対して偏見がなく、むしろ魔女の恩恵の方をよく知っているからこその言葉なのかもしれない。

問題は王族ではなくその周囲。

魔女を良く思わない人たち。魔女を妃に迎えることで、王家の威信が落ちると考える人たちなのだ。

だから国王は良くても、そちらはさすがに難しいだろう。厳しい言葉を投げつけられるかもしれないけれど覚悟しなければ、とそう思っていたのだが、それもまた良い意味で裏切られた。

フェンネルが、私との婚約を発表すると同時に、魔女との婚姻のメリットを説いたのだ。

今までに何度も王族と魔女との結婚があったこと。

魔女の産んだ子は、ひとりの例外もなく、全員が成人していること。そしていまだ魔女を良く思っていない人たちに向け、魔女がいかに国民を守っているかなどを説き、お触れとしても出した。

王族と魔女の結婚は国にとって祝福すべきことだと。

少々強引ではないかと思ったが、今のところ表立っての批判はない。

もしかしたら裏で何か言われているのかもしれないが、それはもう仕方のないことだ。

いや、仕方ないと思えるようになった。

あの覚悟を決めた日から、私も多少は強くなったのだ。それに、フェンネルが私のために頑張ってくれているのを、この目で見てしまっている。

そんな姿を見せられれば、自分ひとり逃げるわけにもいかないし、逃げないと決めたのだから歯を食いしばって踏ん張った。

そうしてそれから二年が経ち、今の私は魔女という存在を皆に認めてもらえるよう頑張りたいと、前向きに思えるまでになっている。

あの、エインリヒの凶行のような事件を二度と起こさないようにしたいと考えている。

そのためにどうするのか。

皆が魔女を誤解しているのなら、魔女が本当はどのような存在なのか知ってもらえばいい。

そう結論づけ、以前とは違い、積極的に前に出るようになった。

町に出て、実際の魔女を見てもらう。

魔女は決して怖い存在ではない。

確かに魔法は使えるが、他は皆と何も変わらないことを知ってもらおうと活動しているのだ。

それはまだ実になるどころか発芽したかも怪しいくらいだけれど、続けていけば、きっといつかは何らかの結果が出るのではないか。

今はそんな風に思っている。

師匠が経験したような凄惨な事件が二度と起こらないように。

これから産まれてくるであろう魔女に、少しでも優しい世界になるように。

それが今の私の目標で、いつかはあのジルコニア王妃のように、皆に愛される魔女になれたらとそう思う。

◇◇◇

「……ヴィオラ、来たわよ」

「リコリス、入って！」

化粧台の前に座っていた私は、ノックの音と友人の声に気づき、返事をした。

水色のドレスを着たリコリスが入ってくる。彼女は私を見て「わあ！」と声を上げた。

「すごく綺麗よ、ヴィオラ。友人として鼻が高いわ！」

「ありがとう。その分、ちょっと重いんだけどね。これはこういうものだから我慢しろって女官たちには言われちゃったわ」

「それは女官たちが正しいわ。花嫁衣装は重いものなんだもの」

後ろに控えていた女官たちが、リコリスの言葉に大きく頷く。

それを見たリコリスが、クスクスと笑った。なるほど、やはりそういうものなのか。

重たいけど仕方ない。それにこれは幸せの重みだと知っているから嫌だとは思わなかった。

「おめでとう」

リコリスが感慨深げに言う。それに微笑みをもって応えた。

今日は私とフェンネルの結婚式なのだ。

あの怒濤の七日間から挙式まで二年も掛かってしまったのは、別に周囲にどうこう言われたからとかではなく、単に私が正式に魔女登録を済ませてからにしようという話をしていたからだ。

二十歳——成人すれば魔女見習いではなく、魔女として正式に登録される。

今までのようにフードで顔を隠すことはなくなるのだ。

以前と違い、今の私は魔女として、フェンネルの妻として真っ直ぐ前を向いて生きていこうと決めている。だから結婚するならきちんと顔を出して、国民皆の前に立ちたい。そう思ったからの決断だった。

二年という時間は長いようで短かった。

自分にできることをと考えているうちに過ぎていった、そんな風に思う。

リコリスが感慨深げに言った。

「ようやく結婚式、か。あなたたちが二年も掛けるから、私たちの方が先に式を挙げることになったじゃない」

言いながら彼女は自らのお腹に手を当てた。

大きくなったお腹は、臨月が近いことを示している。

「体調は？　大丈夫なの？」

「平気よ。アドニス様が付き添ってくれてるから。彼、ものすごく心配性なのよね」

困ったように言われ、苦笑いした。

長く両片想いを続けていたふたりは、一年前に結婚したのだ。

兄が重い腰を上げて、リコリスに求婚したのは、もちろん、あの花束を抱えて出て行った日。

私とフェンネルがゴタゴタしている間に兄もまた決意を固め、不格好ではあったものの、リコリスになんとか求婚することができたのだとか。

話を聞いた時はようやくかと諸手を挙げて喜んだし、良かったねとリコリスを抱きしめた。

求婚の許しを貰いに来た兄を見たリコリスの父は驚いていたようだが、すぐに許可してくれたらしい。それはそうだろう。

王子付きの次期公爵で、しかも幼い頃から付き合いがあって性格だって知っている。自分にとっても娘にとってもベストだと判断した公爵との話はあっさりとつき、一年前にふたりは式を挙げたのだ。

そうして今は大きなお腹を抱え、リコリスは幸せそうに笑っている。

兄も毎日嬉しそうだし、私としても大好きなふたりが結ばれてくれてとても嬉しい。

「ふふっ……」

少し前のことを思い返していると、リコリスがふいに笑った。

「何？」

「ううん。ちょっとね。あの二年前。殿下との婚約話がなくなって本当に良かったなと改めて思っていただけ」

「……ああ」

それについては、コメントしづらい。

何せその後釜に座ったのは私だからだ。だけど、彼女に対して「申し訳ない」と思わずに済むのは良かったと思うし、私も今幸せなので、そんなこともあったねと笑い飛ばせる。

「あの時のことは今でもよく覚えているわ。突然呼び出されたと思ったら、好きな人ができたから婚約話はなかったことにして欲しい、ですもの。まさか婚約直前でそんな幸運が舞い込んでくるなんて思いもしなかったから、あの時は本当に嬉しかったの」

「リコリス、喜んでいたものね」

「ええ、心から殿下の恋を応援したわ。まさかその相手があなただなんて思わなかったけど」

「それは私も思わなかった。途中まで、フェンネルの正体に全く気づかなかったのだもの」

「お互い面識がなければそんなものかもしれないわね」

「ね」

クスクスと笑いながら話していると、また扉がノックされた。

「はい」

「私だけど。準備はできてる？」

声の主はフェンネルだ。慌てて時計を見る。そろそろ式場へ向かわなければならない時間になっていた。

もうこんな時間かと思いつつも返事をする。

「大丈夫よ」

「入るよ」

フェンネルが中に入ってくる。白いウエディングドレスに身を包んだ私を見て、彼は目を見開いた。

「……」

私を凝視したまま、一言も喋《しゃべ》らない。

Aラインが美しい、刺繍がびっしりと施されたドレス。トレーンが長く、後ろ姿が綺麗に映える形となっている。

私としてはそれなりに似合っていると思ったのだけれど、そうではなかったのだろうか。

「え、ええと……」

「綺麗だ」

「えっ……」

「すごく綺麗だよ。思わず、立ったまま夢でも見ているんじゃないかって馬鹿なことを考えてしまったくらい。ヴィオラを妻に迎えることができる私は幸せ者だな」

「っ……」

「愛してるよ、ヴィオラ。この日が来ることをずっと願っていた」

「フェ、フェンネル」

「はいはいはい。その続きは、私が去ってからにして下さる？」

うっとりと彼を見つめかけたタイミングで、リコリスから待ったが掛かった。ハッと現実に戻る。

「リ、リコリス」

「まだ私がいるんだから、目の前で甘ったるいやり取りは止めてよ。ふたりきりでならいくらでもやってくれて構わないけど。――じゃあね、ヴィオラ。私は参列者席に行くわ。あなたの晴れ舞台を楽しませてもらうわね」

「ええ」

笑いながらリコリスが出て行く。扉が閉まる直前、兄がリコリスを呼ぶ声が聞こえた。

大きなお腹を抱えた彼女が心配で、フェンネルと一緒にやって来たのだろう。

「彼らは相変わらず仲が良いようだね」

フェンネルにもふたりのやり取りが聞こえていたようだ。彼の言葉に頷く。

「ええ、私、ふたりが一緒になってくれて、幸せになってくれて本当に嬉しいの。ふたりがこれからも幸せでいてくれることが私の望みよ」

「私だって、あのふたりの幸せは祈ってる。でも」

そこで言葉を句切り、彼が私を見つめてくる。その眼差しは甘く柔らかく、私を蕩《とろ》かしてしまいそうなほど優しかった。

「今日は、私たちの結婚式なんだ。だから今日くらいは自分たちの幸せについて考えない？」

「そうね。その通りだわ」

フェンネルの言葉を肯定する。

彼は柔らかく笑うと、私に言った。

「こうして花嫁衣装に身を包んだ君を見て、ようやく実感が湧いてきたよ」

「実感？　なんの実感？」

首を傾げる。彼は私の手を取り、自分の方へと引き寄せた。

「もちろん、ヴィオラを捕まえたっていう実感。君にはずっと逃げられていたからね。ようやく私のものになったって、今、噛みしめていたところなんだ」

「ええ!?」

パチパチと目を瞬かせる。

思わず彼に言った。

「ようやくって……逃げたのはあの二年前の七日間だけじゃない」

「うん。その通り。でも、今日の結婚式まで長かったから」

気の早い彼が被っていたベールを上げる。そうして唇を寄せながら、私に言った。

「二度と私から逃げないで。——愛しているんだ。私の愛しいヴィオラ」

「っ！」

熱の籠もった声に頬が染まる。直後唇に熱が触れそうになり、可愛くない私は「それは挙式の時でしょ」と一足早い、誓いの口づけを拒絶した。

社長が勇者に選ばれたら
秘書の私は王子の恋人に!?

フェアリーキス
NOW ON SALE

自社の社長が勇者として異世界に召喚され、それに同行する羽目になってしまった秘書の桃香。取引先となった異世界の担当者は、聖騎士という肩書きを持つ超美形の王子ヴィルフレッドだった。好みの属性てんこ盛りな彼に桃香の胸は躍るが、初対面から呼び捨てられたり、連日仕事場に押しかけてきたりと、中身は全然好みじゃない！　なのに、言い寄る令嬢たちに困った王子の依頼で恋人役を演じるうちに、そばにいないと寂しくなっちゃうのはなぜ……？

フェアリーキス
ピュア

Jパブリッシング　https://www.j-publishing.co.jp/fairykiss/　定価：1430円（税込）

一目惚れした王子とされた私の七日間の攻防戦《セブンデイズバトル》

著者　月神サキ
© SAKI TSUKIGAMI

2023年4月5日　初版発行

発行人　藤居幸嗣

発行所　株式会社 J パブリッシング
〒102-0073　東京都千代田区九段北3-2-5 5F
TEL 03-3288-7907　FAX 03-3288-7880

製版　サンシン企画

印刷所　中央精版印刷株式会社

定価はカバーに表示してあります。

万一、乱丁・落丁本がございましたら小社までお送り下さい。

本書のコピー、スキャン、デジタル化等の無断複製は著作権法上の例外を除き禁じられています。

ISBN:978-4-86669-560-0
Printed in JAPAN